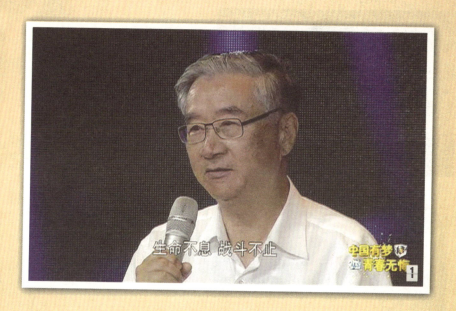

你是真正的钢铁战士!你鼓舞了我们所有的人,也振奋了所有的人。生命不息,战斗不止。

——胡启立

①胡启立主席在2013年6·21世界渐冻人日讲话

Ⅰ 致敬中国宋庆龄基金会 2

① "王甲渐冻人关爱基金"启动仪式
② 中国宋庆龄基金会常副主席为我颁发"王甲渐冻人关爱基金"的荣誉证书
③ 我的梦想终于实现了

Ⅱ 致青春1

① 半岁的我好奇地张望着这个世界
② 飞向未来
③ 妈妈爸爸和我
④ 7岁的我在练习书法

Ⅱ 致青春2

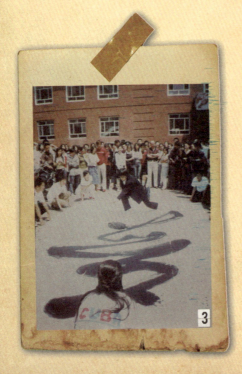

①打球的风采
②运动会担任旗手
③非典时期东北师范大学8米白布书写"爱"字
④我的大学——长发飘飘的年代

Ⅱ致青春3

①坚毅的眼神
②青春如华 人生如寄
③在海边
④信仰美好

III 我的书法

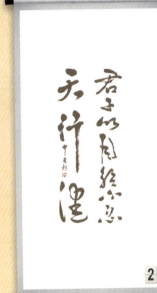

① 大二书写——卧薪尝胆
② 人生座右铭——天行健,君子以自强不息
③ 高中书写——辛弃疾《西江月》

① 5·12大地震《国魂》
② 5·12大地震《泪》
③ 云南鲁甸地震——《殇》
④ 青海玉树地震——《希望》

Ⅳ 我的作品1

IV 我的作品2

① 6·21世界渐冻人日主题海报
② 渐冻人之《冰的火》
③ 公益活动《爱从点滴做起》
④ 关爱乳房健康——粉红丝带

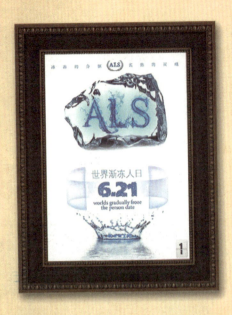

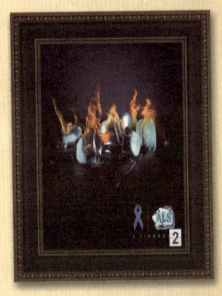

V 一家人一起走

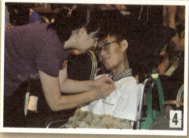

①我和虹妈第一次见面
②全家福
③三口人在奥林匹克公园
④虹妈给我戴花
⑤李天行《点亮生命》音乐专辑

VI 我的生活

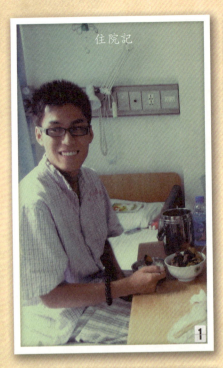

住院記

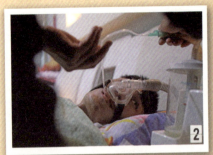

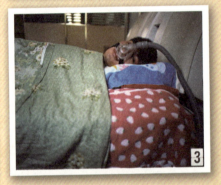

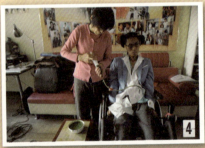

① 住院检查
② 母亲为我吸痰
③ 24小时离不开呼吸机
④ 我的第二张嘴——胃造瘘
⑤ 用眼睛控制电脑与世界沟通

VII我与明星1

①歌唱家郑绪岚阿姨
②歌手杨坤
③演员马苏、李晨
④NBA巨星阿伦·艾弗森

VII 我与明星2

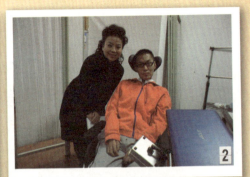

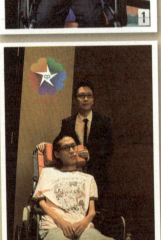

①歌手谭晶与武警总医院神经干细胞移植科安沂华主任
②歌唱家张也阿姨
③歌手李玉刚
④BTV美女主持人陈晨姐姐
⑤香港演员莫少聪

VIII 筑梦有我1

①国家电网党员服务队
②爱心人士周彤先生
③著名学者、作家周国平先生
④北京电力经济技术研究院党员服务队
⑤爱心人士金颖阿姨、金奶奶
⑥从小到大常吃奶奶做的饭

VIII 筑梦有我 2

①北京武警总医院院长郑静晨先生
②爱心人士小忆姐姐
③乡都集团总裁李瑞琴（左三）飞行家马晓明（右二）
④北医三院副院长樊东升先生
⑤蝶泳奥运冠军钱红姐姐（左）、羽毛球世界冠军（中）、中国宋庆龄基金会基金部部长唐九红姐姐、速度滑冰世界冠军叶乔波姐姐（右）

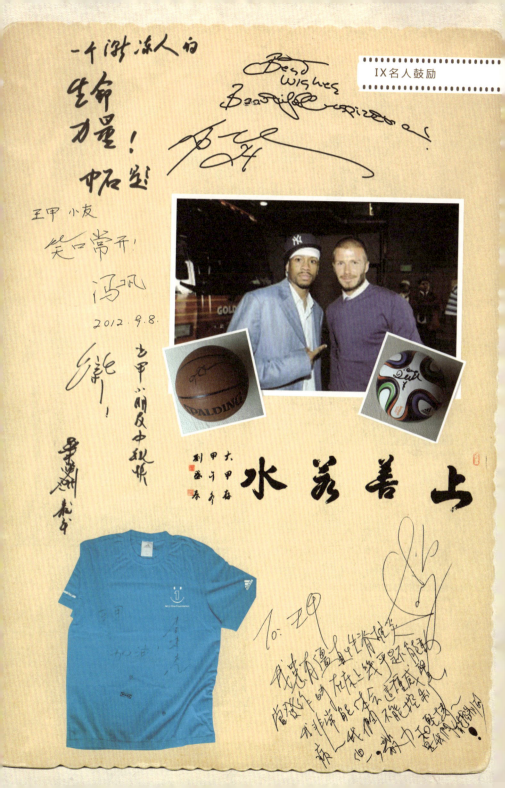

X我的成绩

①2012年度"平凡的良心"人物颁奖盛典和奖杯
②2012年度"善行天下"颁奖盛典
③2012年度"北京榜样"颁奖盛典和奖杯
④2012年参加《鲁豫有约》录制
⑤被授予"身边雷锋·最美北京人"标兵

不可阻挡

用眼睛书写生命

王甲 李进 著

北京大学出版社
PEKING UNIVERSITY PRESS

图书在版编目(CIP)数据

不可阻挡：用眼睛书写生命 / 王甲，李进著. —北京：北京大学出版社，2015.4
ISBN 978-7-301-25316-8

Ⅰ. ①不… Ⅱ. ①王… ②李… Ⅲ. ①新闻报道 – 作品集 – 中国 – 当代 Ⅳ. ①I253

中国版本图书馆CIP数据核字(2015)第001602号

书　　名	不可阻挡：用眼睛书写生命
著作责任者	王甲 李进 著
责任编辑	宋智广　祁冬　刘照地
标准书号	ISBN 978-7-301-25316-8
出版发行	北京大学出版社
地　　址	北京市海淀区成府路205号 100871
网　　址	http://www.pup.cn　新浪微博：@北京大学出版社
电子信箱	ed@bgsjbook.com
电　　话	邮购部 62752015　发行部 62750672　编辑部 82670100
印刷者	北京玥实印刷有限公司
经销者	新华书店
	880毫米 × 1230毫米　32开本　7.25印张　彩插8　144千字
	2015年4月第1版　2015年4月第1次印刷
定　　价	36.00元

未经许可，不得以任何方式复制或抄袭本书之部分或全部内容。
版权所有，侵权必究
举报电话：010-62752024　电子信箱：fd@pup.pku.edu.cn
图书如有印装质量问题，请与出版部联系，电话：010-62756370

推荐序

用坚韧诠释生命的价值和尊严

这是一本真书：真实的人，真实的故事，真实的情感，真实的心灵。

书中的主人公王甲是一个"渐冻人症"患者。"渐冻人症"是目前全世界医学界公认尚未攻克的三大绝症之一。人一旦得了这种疾病，就意味着无可救治，等于被下达了死亡通知书，即使在生命存续期间也要承受难以想象的折磨和痛苦。因此人们会闻之而惊悚。

王甲不幸在他年纪轻轻不过24岁的时候就患上了这种疾病。病魔施虐使他周身僵直，仅剩下两颗还能转动的眼珠，印证着他生命的存在。

就是这样一个被病魔折磨的人，仍以顽强的意志和坚韧的精神，同命运展开了抗争，向疾病发起了挑战。他全身瘫痪，肢不能动，口不能言，即使这样活着，就已经十分艰难了；但是王甲靠尚能转动的双眼和一个手指敲击键盘，坚持写书，为公益活动设计海报，积极参与公益慈善事业……

王甲，以超乎常人想象的坚韧，诠释着生命的独特价值和尊严。

在茫茫宇宙间，人并不是万能的，生活也不一定总是一片坦途。疾病，灾难，死亡，常常加祸于人。面对这些，有人会无奈、沮丧、悲观、逃避，有人则选择了面对、接受、挑战、抗争。王甲属于后者。

他的生命在与苦难的搏斗中绽放出了夺目的光辉。

　　人生的价值和意义是多元的。人之一生，不一定要叱咤风云、豪情万丈，不一定要高大威武、气宇轩昂，也不一定要丰功伟绩、建树非凡；活得从容，活得淡定，活得自然，活得自信，同样富有尊严；在生命的旅途中，燃烧过，呐喊过，坚守过，付出过，同样值得称颂。

　　人的生命是有色彩、有温度的，也是有高度、有厚度的。王甲就是一个见证。对于王甲，他的活着，本身就是一个奇迹。他对生命的态度，为我们确立了一个独特而美丽的关于生命价值与尊严的参照系。

　　青少年朋友要以王甲为榜样，学习他坚韧求存、乐观向上、兼济天下的精神，并将之融入到践行社会主义核心价值观的行动中来！

　　王甲是一个真正的钢铁战士！他用生命放射的光芒，鼓舞了我们所有的人，振奋了我们所有的人，照亮了我们生命的航程！

　　生命不息，战斗不止！

　　是为序。

胡招立

2015年3月10日

名人推荐：

你是真正的钢铁战士！你鼓舞了我们所有的人，也振奋了所有的人。生命不息，战斗不止。

——中国宋庆龄基金会主席　胡启立

将您的目光放到残疾不能阻拦的事业上，并且坚定地将它做下去，不要因为病痛的束缚而感到颓唐沮丧。身残而志坚，这正是我送给您的忠告。
——英国科学家　斯蒂芬·威廉·霍金（Stephen William Hawking）

在一首诗里，王甲写道："我本是天空之水，落入凡尘……我被一点点冻结，寒气使我不能奔流，最后把我冰封成一个在阳光里的冰雕。"我要对王甲说："你的确是天空之水，而天空之水是不会冻结的，我分明看见你的生命依然奔腾在灿烂的阳光里。"

——当代著名学者、作家　周国平

你用冰冻的青春，带给世人无限的感动；你对生命的坚持，对梦想的追逐，让我们看到了一种精神和力量。王甲，谢谢你！你的名字和你的精神将永与这个时代同在！

——中国宋庆龄基金会基金部部长、羽毛球世界冠军　唐九红

祝福你！你激励了我们！
——美国职业篮球运动员　科比·布莱恩特（Kobe Bryant）

王甲，歌唱生命！

——著名歌唱家 刘欢

王甲，我患有僵直性脊椎炎，当发作时在床上几乎不能动，我非常能体会这种感觉。病，我们不能控制，但，毅力和坚持是我们能控制的！

——著名华语歌手 周杰伦

最让我感动的是，面临死亡的王甲，并没有放弃对生命的坚持，他仍然坚持着设计海报。

——CCTV 著名节目主持人 周涛

加油，王甲！

——国际电影巨星 李连杰

王甲，你不孤独！

——著名歌唱家 毛阿敏

从2007年至今，王甲病情恶化得非常快，仅仅两年，他只剩下一根手指可以动弹。让人感动的是，面临死亡的王甲并没有放弃对生命的坚持，他希望通过博客支撑他的设计生涯，延伸他的思维。

——BTV 著名节目主持人 陈晨

他只剩下一双眼睛和他的右手食指还能活动,但是,他依然坚守着自己的梦想,没有一分钟想过放弃。

——CCTV 著名节目主持人　赵普

你不停地追逐,唯恐停滞,用生命刻度每一张画面,张张精彩、句句美妙。你让那些颓废、彷徨的人汗颜,唤醒无数放弃的心,你是我们每一个人的榜样!祝福王甲每一个生日都光彩绽放!

——女子速滑世界冠军　叶乔波

祝王甲快乐吉祥!

——蝶泳奥运冠军　钱红

"渐冻人"王甲不是神,他就在我们身边。他的思想像一束阳光,照射在人们阴郁的身体上,那么温暖,那么透亮,那么富有热量。

——中国首位深入非洲部落的女旅行家、作家　梁子

媒体评论：

　　出生于1983年的王甲，还没来得及享受成功和爱情，就于2007年被确诊为"渐冻人"。但他的生命火焰却越烧越旺，患病后王甲用一根手指和眼球设计创作了百余件海报等艺术作品，并将获得的报酬大多捐赠给慈善事业。

——新华网

　　只剩下一双眼睛和右手食指还能活动，但是他依然坚守着自己的梦想，没有一分钟想过放弃。用一根手指书写生命的坚强！

——央视网

　　王甲："身体有恙并不可怕，可怕的是我们放弃生活，放弃再一次站立的力量。要做一个勇敢的人，我们要用生命的力量去弥补命运带来的遗憾。"

——搜狐网

　　王甲渐冻人关爱基金的成立不但实现了王甲患病后最大的梦想，而且为中国20万"渐冻人"带来了光明和希望。

——腾讯网

　　反复调整光标，几次删除重新拼音，王甲在电脑上给记者打出一行字,"生命,虽不能左右,但如此珍贵",所以,王甲现在最大的愿望就是平安、快乐。

——《法制晚报》

社会对"渐冻人"的关爱,绝不能是昙花一现的一场秀。健康人冷一瞬,渐冻人冻一生;"解冻",需要从正道开始,从点滴开始。

——《解放军日报》

说实话,王甲……几乎没人能走进你的心里。虽然每天都被疾病折磨着,打字也很费力,但王甲仍然坚持着,从未放弃。

——网易

霍金的回信

For Jia,

My advice, is to concentrate on things your disability doesn't prevent you doing well, and don't regret the things it interferes with. Don't be disabled in spirit, as well as physically.

However bad life may seem, there is always something you can do, and succeed at. While there's life, there is hope.

My disability has not prevented me from having a full and satisfying life, and three attractive children.

My family is very important to me.
     [end SWH quote]
With all good withes,
Judith Croasdell on behalf of professor Stephen W.Hawking
     Judith Croasdell

王甲先生：

　　我想给您的建议是将您的目光放到残疾不可阻挡的事业之上，并且坚定地将它做下去，不要因为病痛的束缚而感到颓唐沮丧。身残而志坚，这正是我送给您的忠告。

　　苦难的经历也许意味着事业的成功。世界上有很多您能做到的事情，并且您也可以做得很好。留得青山在，不怕没柴烧。只要有生命，就会有希望。

　　对于我来说，我自身的残疾并没有阻挡我成为一个阅历丰富、精神充实的人，并且，身患重病的我还拥有了三个可爱的孩子。

　　对我而言，我的家庭是我人生不可或缺的一部分。
　　祝你幸福！

斯蒂芬·威廉·霍金

朱迪思·克劳斯德尔代笔。

// 目录 //

第一章
梦想开始的地方

被称为"篮球三剑客"的艺术生 // 004
我的世界正春暖花开 // 011
灾祸悄悄来袭 // 020

第二章
跌落的生命在无声呐喊

像个健康人那样去战斗 // 038
男儿壮志未酬,命运要把我推向何处 // 048
在心灵地震里浴火重生 // 062
7月里,一首忧伤而倔强的诗 // 068

目录

**第三章
"暖流"融化下的破冰之旅**

一升海水一捧沙里的"爱"// 082
融化渐冻的心 // 086

**第四章
我拿什么给你,我的再生父母**

幸好上帝的安排让我遇见你 // 104
用一根手指与霍金隔空对话 // 122
生命不因困厄而屈服 // 136

第五章
将目光放到残疾不可阻挡的事业上

干细胞移植手术稳定了病情 // 148
我的生命因为爱而完整 // 156
无论生长还是凋零都要活出姿态 // 160

第六章
为"失语"的"渐冻人"代言

感谢一路上有你 // 172
一场温暖生命的慈善晚会 // 176
草根榜样的力量 // 183
我也要来一次"冰桶挑战" // 187

目录

第七章
生命不息,梦想不止

传递爱,传递生命的感动 / / 198
我的飞天航海梦 / / 206

附录
北京梦 / / 213

我喜欢艺术,　　　　我热爱运动,　　　　我积极而投入地生活着,
喜欢所有美的东西,　热爱音乐;　　　　　工作着。
我用彩色的笔装点灿烂青春;　我用热血和才华绽放梦想;

第一章
梦想开始的地方

在24岁最美韶华里，刚刚展开的美好生活戛然而止；
我遭遇疾病致命的摧毁，我和我的家人顿时陷入绝境。

"爸，我今晚可能过不去了，做好心理准备。"电脑语音合成器发出了这个声音。王爸（王树范）的冷汗"哗"地从背上淌下来。正在打盹的王妈（邓江英），"呼"地从沙发上坐起来。老两口慌里慌张地跑过去。

王甲正坐在轮椅上，戴着呼吸机，两眼盯着电脑屏幕，他用眼睛告诉父母，此时的身体状况很糟糕。王爸看看电脑上这行让他害怕的字，再看看王甲，只见他神态坦然，脸上的表情并不痛苦。

"大甲——？"王爸用手按了按揪着的心，握起王甲的手，王甲手腕的动脉在"突突突"地剧烈跳动，一测，心跳每分钟足有200多下。

"快，快打999——"他忙喊妻子快点拨急救电话，王妈转过身去，眼泪就止不住了……

第一章 梦想开始的地方

第二天,王甲一觉醒来,窗外一束阳光照进病房,正好落在他的脸上。"我还活着。"王甲眨了眨眼睛,脸上浮现出笑意。这是2014年的3月,王甲患上"渐冻人症"已整整第七个年头。

两千多个日夜,一个玉树临风、才华横溢的健硕青年,眼看着自己不能走路、无法说话、丧失吞咽能力,直到不能自主呼吸,最后仅有眼睛可以转动。正在翱翔的雄鹰折断了翅膀,正在攀登的追梦者跌入了深谷,这是一场生命的苦难,狼烟四起,暴风肆虐,面对这样一场自我"战斗",可以想象它的极致残酷,而王甲却创造了生存奇迹。他对生命的坚持、他不屈的灵魂,给我们带来感动,唤起了世间爱的暖流,所经之处,融化着"渐冻人",感召着中国人的爱,给所有陷入生存困境的群体,带来了力量。

7年了,被医生宣判最多活3年的王甲,依然顽强地活着。他还在追梦,在用他的方式,让光芒到达所能到达的地方,照耀所能照耀的,昭示着生命存在的价值。

王甲用眼睛盯着电脑屏幕,字母跳出来,写字板里出现了这样的文字:

"身体上的痛告诉我还活着,思想上的痛告诉我还可以思考。痛让我清醒,更让我谦卑,痛用苦难的方式告诉我你要坚强。

"24岁之前的我生龙活虎,根本不知道生病是什么滋味,觉得自己是上帝的宠儿,所以肆意挥霍着健康的身体,不懂得珍惜,最后以痛的方式给我警示,让我放下骄傲,重新审视这个世界。从开始到现在,我是怎样面对这一次刻骨铭心的痛,我要用眼睛为你讲述。"

时光开始倒流,在浩瀚的时间海洋里,王甲驾驭着他的生命之舟,载着我们一起回到了他梦想出发的地方。

> 学长,请你、请你一定坚持住。我永远记得,我进入大学时,你在军训中唱的那首歌,太阳下的你让我睁不开眼睛。为了你,我进了学生会,加入了记者站。现在我毕业了,长大了,却依然无法忘记你的光芒。所以,请你坚持住,一直一直做我的偶像。
>
> ——摘自一位学妹的博客留言

被称为"篮球三剑客"的艺术生

东北师范大学视觉艺术学院迎来了一名新生,他酷酷的气质,一米八的身高,健硕的外形,痴迷音乐和书法,喜欢阿伦·艾弗森[1],他是艺术生中的体育健将,体育健将里的文艺青年,大学四年他被同学称为"上帝宠爱的王子"。

---

[1] 阿伦·艾弗森(Allen Iverson),美国著名篮球运动员,曾11次入选NBA全明星阵容,曾任美国男篮梦之队队长。——编者注

第一章 梦想开始的地方

让我们追踪"王子"出彩的校园生活,梦想之旅在这里启程。

2002年9月,东北师范大学视觉艺术学院的操场上,新入校的大学生正在军训,留着齐眉长发的王甲,一身运动装,俊朗的脸庞棱角分明,略带忧郁的眼神,藏着一丝骄傲。

夏末秋初,中午的太阳直射着操场,"秋老虎"还在发威,从小没吃过什么苦的80后新生,在教官的口令下大汗淋漓,有的手捂胸口表情痛苦,有的瘫坐在地作呕吐状。

"好,大家休息一会儿吧。"教官指着树荫下的一块空地,招呼同学们坐下来休息。

"谁来秀一个才艺,谁来?"人群里有人大声提议,掌声立即"哗哗哗"响应着。这是个好主意,给枯燥严肃的军训加点娱乐,大家开心地拍着手。一个皮肤白净的细腰男生,站了起来,他朗诵了徐志摩的《再别康桥》。"我轻轻的招手,作别西天的云彩。"诗歌结尾处,他挥了挥手,引来同学一片笑声;有个女生模仿宋丹丹的小品,一招一式真像那么回事,特别是一口地道的东北腔,同学们笑得前仰后合;两位跳街舞的男生,在手机音乐伴奏里,舞得起劲;一个看上去有些腼腆的男生,也按捺不住了,他站起来唱了一首《我的未来不是梦》。他一开口,全场静了,那富有磁性和穿透力的嗓音,加上他俊朗的外形,酷酷的气质,和歌词融合为一体。他此刻散发的魅力像阳光般耀眼,有同学开始交头接耳、窃窃私语，他们记住了这个来自吉林省白城市的男生，他的名字叫王甲。

随后的日子，王甲没有过多在意女生的侧目，一头扎进学习中，他参加了学生会，当了宣传部部长。教室、宿舍、球场、图书馆，要么组织学生会活动，要么参加篮球比赛，每一天都排得满满当当。外表冷冷的他，心里有一团火，他什么都想尝试，积极参与并且都做到最好。

2003年，非典肆虐全国时，学校组织了一场主题为"生命不因困厄而哭泣"的公益活动，作为学生会宣传部部长，刚满20岁的王甲被委以重任。活动中，他锋芒毕露。

这天，操场上挤满了师生，王甲身穿笔挺的西服，在众人簇拥下，精神抖擞地走入现场。只见他拿起两根大拖把，各吸足了半盆墨水，在铺开的8米长白绫上挥舞开来，围观的师生屏住呼吸，眼睛跟随着他的"大手笔"上下左右移动，铁画银钩，笔势刚健，字体力透纸背，笔画恣意流畅。在师生见证下，一个张弛有度、一气呵成的"爱"字诞生了，这个蕴含着感情的字，使8米长的白绫瞬间生动而有气势。现场响起一片欢呼："王甲，王甲，我们成了，我们成了！"多日来参与策划的学生会同人如释重负。"王甲，王甲……"不断有女粉丝在高喊。镜头拉近，王甲俊朗的样子，迎风飘动的秀发，此时更加帅气，他两眼盯着刚刚落笔的"爱"字，双眼充溢着喜悦。校领导和师生们纷纷走上前，在白绫上签上名字表示支持这场活动。这个代表着全体师生感恩心声的大大的"爱"字，被学校捐赠给了当地一家医院，被这家医院永久收藏。王甲帅气地在白绫上泼墨的样子，师生争相在"爱"字旁签名的场面，成了东北师范大学校园活动中最美的画面。

"是你写的啊，这么有风骨，这是童子功的力道啊。"一位同学端详着王甲的字，不住地点赞。初露一手，王甲自信地笑了。

说起王甲的书法，得从他7岁说起。

那年他上小学一年级。小孩子刚会写字，大都歪歪扭扭，而王甲的字却很工整，一笔一画，结构布局合理又舒展，他很会搭框架，对美的把握极有天分。"这小子，字写得蛮像回事，咱得合计一下，好好培养培养。"王爸从工地上回来，扑落掉身上的灰尘，拿起王甲的作业本跟妻子商量。虽说他是一个粗线条的男人，可也喜欢读书，有细腻的一面，他希望孩子有艺术特长，将来多一条发展的路。

那时，家里经济条件并不好。王爸是铲车司机，王妈是纺织女工，两人工资都不高，加上王甲的奶奶有哮喘病，常年抱着药罐子，一到冬天，病情会加重，喘不上气来就得跑医院。家里其实没有过多的余钱去培养王甲，但王爸还是决然地送王甲去学书法。

起初王甲并不情愿，但基于父亲管教严厉，他只能服从安排。没想到一接触书法，他的书法才华很快就显露出锋芒。老师拿着他的习作，不住地点头："这孩子有书法天赋，你看这字有血有肉，不死板，是活生生的。"那时的王甲还小，懵懂中听不明白这是老师对他书法至高的评价。

　　王甲的书法技艺不断精进，作品多次获奖，还曾被评为白城市书法大赛"十佳少年"。10岁那年，他加入了中国青少年书法协会；15岁时，他的作品就入选了《跨世纪中国艺坛奇才》。

　　进入大学，王甲总忘不了每天挤出点时间，习几个字，看几页书法字帖，他扔不下钟爱的书法。大学期间他写的板报、海报多次获奖。

　　2003年的非典公益活动使王甲的知名度一下子飙升，他成了学校的风云人物。食堂、图书馆、篮球场、足球场，王甲身影出现的地方，总会遇到同学们热切的目光，"篮球三剑客""书法王子"，这是同学对王甲的称呼，王甲很享受这种小有名气的感觉。他谦卑又骄傲，好动又喜静，有同学说他装酷，王甲听了一笑。大学四年来，他酷酷地出现在球场上，抢球、投篮、奔跑、腾挪跳跃；他一个人酷酷地拿着书包，去图书馆，阅读各类关于艺术和哲学的书籍，边看边做笔记；他和学生会的同学在办公室里制作海报，有时洋洋洒洒写几张纸，几乎把业余时间占满了。他做什么事情都很投入，校园生活过得非常充实，他喜欢这样的自己。上学期间，他的专业课学习很用功，每次考试都拿高分。随着知识的积累，他发现自己喜欢上了这个专业，并从入门到领悟真谛。他在博客里用"浅尝美丽"来形容涉足艺术世界的感受：

　　　　20岁的年纪，在十字路口，遇上设计。初次相逢是在屡次错过后的偶然邂逅，并发现自己爱上了它。

尽管像做菜一样，还没入味，但已经开始融汇和交流，在心底有了一种牵挂和憧憬，并细细品读其中的美丽。

设计就是这样原始的冲动，把一个很平凡的事物，用你的思想把它转变成另一个概念，最高的境界就是艺术品了。这其实一种很高尚的职业，是在创造新的生命。

从开始的审美，变成了一种创作的体验，这种快感来得更强烈，甚至有些时候是忘我的。生命中因此更加有色彩，从感受大自然的母体，到去感染别人，无不觉得生命的重量和灵魂的独立，不求完美，但求自然，乐在其中，悠然自得。

王甲在学习中，边学边悟，他在触摸艺术世界的精髓。在校学习期间，他还同时修了哲学和美学。因博览群书，他对美的理解愈加深刻，思维也打开了另一扇窗，对事物的理解更有广度和深度。有同学说他设计的作品有内涵，别人理解不了的东西，他能读懂，并且准确把握。正因为他注重积累，不拘泥于本学科，多方面汲取知识和营养，才能厚积薄发。王甲因学业优秀，每年都能拿到全额奖学金，并在大三时如愿加入了中国共产党。

宿舍里，摆满了书籍，有设计方面的专业书，有人文、社科等方面的书，还有一摞读书笔记。他一本一本整理着，上面留着大学生活的青春记忆，有他的体温和足迹。看着这些"财富"，他感到欣慰，自己没有浪费父母的血汗钱，没有虚度年华，他不会让父母失望的。

"爸妈,我又拿奖学金了。"

"老爸,放心吧,儿子会给你争气的。多保重!"

"老妈,今天我在比赛中又获奖啦,天冷了,注意保暖。"

王甲每次给父母发短信,总是报喜。他能想象得出,父母收到短信时的表情,他希望父母以他为骄傲。

收到儿子的报喜短信,王爸和王妈都会反复看上好几遍。一谈起儿子王甲,夫妻俩眉眼含笑,打心眼儿里满足。

窗外星斗满天,《隐形的翅膀》又在耳边响起来,这首歌王甲每听一遍,都要激动一次,他跟着哼唱起来,他特别爱听这首旋律,尤其是歌词,句句唱到了他心里。他想象着未来的自己,世界在眼前变得辽阔而多彩。"有梦想真好,有斗志就有奔跑的冲劲。"王甲喜欢自己这种状态,他的心里奔腾着一匹激情四射的骏马,正在整装待发。

2005年春节,回老家和父母团聚,他对父亲说:"爸,我们该实习了,我要到北京去,那里的机会多,我想到大城市发展。"马上要面临毕业的王甲决定到北京闯一闯。

父亲笑眯眯地听着儿子的规划,忽然发现他长大了,心里有想法了。"行,你尽管自己决定好了,我和你妈都支持你。"看着儿子那股子踌躇满志的劲儿,他从心里赞赏。

大三下半学期,王甲离开校园,踏上了开往北京的列车。因没买到坐票，他一路站着奔向北京。王甲父母收到儿子去北京的消息后，念叨了好几天，不说是望子成龙吧，反正是希望满满的。

我的世界正春暖花开

北京，他租住在地下室里。仅仅过去三天，他就找到了一份实习生的工作，半年后落户北京，一年后升迁，幸福迫不及待来敲门了。学习、充电、超越，一步一个台阶，他渴望成功，他是众多北漂一族中的幸运者，他依靠出众的才华和努力，实现着梦想。

2005年11月16日，王甲来到北京。走出站口，大街上人来人往，他被一股人流裹挟着，涌了出去。迎面是一缕刺眼的阳光，一张张陌生的面孔擦肩而过。"北京，我来了！"王甲背着包，在大街上疾走，在北京胡同里穿梭，他在感受中国首都的气息。

边走边看，有新鲜的喜悦，还有些对陌生环境的忐忑。崭新的生活就要开始了，先安顿好住处吧。王甲开始查看房屋出租信息，便宜的房源很紧张，好不容易找到一间地下室。这是一间不能称作房子的房子，呈三角形，没有窗户，不到5平方米的空间，只能放下一张床。因为工作还没着落，不能挑三拣四，所以先有个地方住下再说，王甲便租下了这间地下室。

　　第二天，他开始跑招聘会，找工作是件累差事，劳心劳力，跑了一天他饭都没顾得上吃。晚上躺在床上，王甲望着门缝透进来的一束光线，第一次体会到生活的真实。偌大的北京城，有多少北漂在这里寻梦，在这里打拼，他就是这人群中的一员。"一切都会好起来的，只要肯努力。"王甲给自己打着气。没有依靠，什么事都要靠自己，王甲知道自己的处境，他相信自己有能力在北京立足。

　　第三天，王甲就接到一个著名设计公司的录用通知，这速度也太快了。

　　"小哥，我找到工作了！"王甲第一时间把电话打给小哥。

　　"你在哪里啊？"突然接到王甲的电话，小哥有点蒙。

　　"我在北京，来实习。"王甲难抑兴奋的心情，来京三天就找到工作，他心里特别骄傲。

　　"你怎么不早告诉我？我马上去找你。"小哥责怪他。

　　小哥是王甲舅舅家的儿子，在北京郊区怀柔做志愿者，每周来北京市里学英语。他们是同龄人，从小一起长大，王甲很喜欢小哥，在心理上也很看重他、依赖他。

　　他们在这个简陋的地下室里相聚了。此后两人每周都会聚一次，吃饭聊天，看球谈未来。王甲也开始了上班族生活，从大栅栏到东四十条，路过天安门，每天上班大约40分钟的路程，王甲骑着一辆折叠自行

第一章 梦想开始的地方

车,脚下生风,浑身有使不完的劲儿。

初来乍到,北京向他张开了怀抱,一路绿灯接纳了他。

2006年6月,王甲的事业又迎来一次契机。中国印刷总公司招聘一名设计师,这是众多设计师向往的平台,应聘者爆满,王甲从2000人的面试队伍中脱颖而出,经过层层考试和筛选,从进入前50人,到5人,一路过关斩将,最后被这家国企录取。同时被录用的还有一位有8年工作经验的设计师,3个月试用期满后,最终决定哪位留下。

上班第一天,王甲就展现了设计才华。为公司快印店设计的形象标志是他的第一个作品,样板店的门头,从颜色配置到整个门面的形象,非常符合快印的特点。这个方案一出来,就得到了公司从上到下的一致认可。样板店里的样品书封面,王甲设计得非常大气,形象组合很飘逸。王甲对待这份工作很用心,性格中的完美主义在工作中充分体现出来,从创意、构思到细节呈现,从一个素材的反复琢磨,到成品的精心打磨,他要求自己把每件作品尽量做到极致。设计作品时,他思考的不仅仅是主旨、构图和色彩,而是想赋予作品以灵魂和感情。他几乎每天都加班,有时到深夜甚至通宵。他在博客里记录着这段时间工作时的状态:

坐在出租车里,车窗外是雨冲刷过的京城,干净清新,像此刻的心情一样明晰通透。听着周杰伦的《回到过去》,突然双眼模糊,仿佛看到刚来北京时的自己,那么莽撞,又那么自信,毫无畏惧地自信。在人潮涌动的京城漂泊,不后退不妥协,坚持把最艰难的日子挺过去。每天在长安街走两回,看天安门的英姿,在地下室里弹吉他,每天迎着朝阳出行,顶着月亮回家,一无所有地快乐着。

王甲出众的才华和不俗的实力,得到了公司赏识,3个月试用期过后,他被正式聘为中国印刷总公司的平面设计师。

这份令多少设计师向往的工作,王甲如愿获得。他热爱和珍惜这份工作,决心以出色的成绩来证明自己。每天,坐在电脑旁,在虚拟的世界里,他握着鼠标,拿着画笔,在没有颜料的画室里创作着。累了的时候,就拿起杯子喝一口茶,他感到生活的惬意和充实。他在工作中捕捉灵感,在构思中享受创造的乐趣。

"很喜欢你做的东西,素雅干净。"有个学妹说他的作品像他的眼睛,很纯净。

"他的作品抓人眼球,让人能记住。他设计有视觉冲击的画面时,不完全依靠创意构图和强烈的光色效果,而是让作品呈现出内涵。他的作品以感性入手,却能给人以理性思考,这很难得。"同行谈起他的创作,赞赏有加。

"他的设计每次还要附上详细的设计说明,选用什么材料、颜色,每一处的意图都会明确标注。"同事特别感叹他的敬业。

"我很佩服他，第一眼看到他的设计，我就认可了。他能准确地把握我们的要求，他有自己的想法和构思，跟我们沟通时，明白好懂，我们不知不觉跟着他的思路走了。这小伙子有这个本事。"谈起王甲，客户这样评价他们的合作。

不俗的创意和勤奋的工作，让王甲逐渐赢得客户的认可。因工作成绩突出，单位破格为他落实了北京户口。

但王甲没有满足现状，他要从多方面汲取自己需要的东西。他知道自己的行囊里匮乏的东西太多了，要想有力量走得更远，必须不断地充电。空闲的时候，他常带上单位的相机到处走走。一天他来到紫竹院公园，拍下了一组风景照，他的构图与众不同，在别人看来很普通的一棵大树，他的镜头里只拍粗壮的根部，并起上"绿叶和根的情谊"这个诗意的名字。行人徜徉在垂柳间，清澈湛蓝的湖水，一只喜鹊落上枝头，一对恋人在拥抱亲吻……每一个摄入他镜头里的画面，在他看来都散发着诗意和美感。

一年过去了，王甲在北京立住了脚跟。这时候，他冒出一个念头，要是有一个自己的"窝"该多好。可这个念头一冒出来就被他打消了，天价房对他来说遥不可及。但想想总可以吧？他想：等再过几年，一定要有套自己的房子，再找到心仪的爱人，建立个小家庭，生个可爱的孩子，把父母接过来，他这么美美地打算着。这应该算是一个远期规化吧。

听说经济适用房正在申购,他决定先去排个号试试。不知什么时候,排着队的他睡着了,梦中,他的房子明亮宽敞,父母从老家赶来了,正笑得合不拢嘴……一阵"嗡嗡"声,他被一群蚊子咬醒了。抬腕看表,已是凌晨4点多,排队等候的人抗不住,许多人撤了。他揉了揉眼睛,拿出原研哉写的《设计中的设计》,看了几页又放下了。他想,自己这么执着地站在这里,但等待中的房子,是幸福,安定?是心愿吗?他为何要和其他同龄人一样,加入到这个队伍中去呢?是啊,这就是俗世里的幸福,这种幸福和他的精神需求一样重要,想到这里,他释然了。

这几天,王甲特别想家,他给父母写了一封信:

爸妈:

最近我十分想念你们,很长一段时间,都没能调整好想念的情绪。

这里已经微凉,家里已经深秋了吧?我很喜欢北方的秋天,空气干爽,尤其是早晨。还记得那时上高中会很早跑到学校操场锻炼,自由自在地玩。家,还是家乡好啊!

我在北京一个人挺好的,这里的生活已经很习惯了。妈妈,儿子可以承担生命的苦难和幸福的降临,我真的是一个男子汉了,虽然从小在您的爱下成长,没受什么委屈和困难,现在一个人生活了。明白孤独时该怎么充实自己,寂寞时想想您和爸爸,还有过世的奶奶,还有咱家那些街坊,儿子很幸福拥有您这样的妈妈,

第一章 梦想开始的地方

我爱您。爸爸,是您给我这宝贵的生命,让我灿烂地活着,儿子也很幸运有您这样的爸爸,您的教育和培养让我可以有能力自己闯出一片天空,虽然这份天空还很小很小,但爸爸,我会像一个男人一样坚强地度过这段岁月,将来成为一座大山,让您依靠。

妈妈,您不要再省吃俭用了,好好享享退休后的晚年时光吧,虽然儿子不能日夜陪在您的身边,但是我的心一天也不曾离开您,儿子很惭愧现在的能力有限,不能尽到儿子的孝心。不过,妈,我一直在努力地争取到最好,就像爸爸给我起的名字一样,不是非要争做第一,我明白是让我凡事都要往前赶,争取做到最好。爸,真是辛苦您了,工作之余还要好好照顾妈妈,我争取早日完成我们一家人的梦想,就是不再为生计烦恼,做个对社会有用的人,一家人早日团聚,其乐融融,支持我吧!

我希望二老每天都快乐、健康、和睦,要看到我的长大和成熟,听话啊,爸妈,儿子想你们,不许哭啊,要笑着看完啊!

王甲写完信,都被自己感动了一把。这些掏心窝子的话,只能在信里说出口,每次真见到了父母,却总是说不出来。

在北京,每当王甲想家时,就和小哥唠唠老家的事。可小哥要到英国去读书了,那天,他和舅妈去机场送行,不知怎的,去机场的路上,本想好好欣赏沿途风景,竟然昏昏沉沉睡着了。"是昨晚的酒没过劲儿,还是聊天累的啊?"小哥推了他一把。王甲一下醒来,一看窗外,到机场了。小哥马上要走了,他真舍不得。"一路平安,小哥。"王甲和小哥拥抱，他用力控制住情绪，并想起了前几天和小哥的约定，他要继续努力，提高设计水平，将来有机会也去英国深造，他要成为一流的设计师。小哥赞同他的想法，他说那里中国设计师很少，有中国风格的设计师一定会受欢迎的。王甲和小哥说，他要把中国文化带出去，同时多赚些钱回来，让父母过上好日子。

"加油！一定加油！"他和小哥再次互相鼓励，看着小哥一步步走过安检口，王甲的人生目标在这一刻更加清晰了，继续努力吧，他对自己说。

8月，盛夏的风吹拂着海面。假期，王甲和一帮朋友来到北戴河游玩。他们选择靠近海边的一家宾馆住下，站在阳台上就可以看见大海。王甲远眺着大海上零星的几条船，和沙滩上显得小小的人影。"太美了！"他在心里赞叹。没有理由的，他一直喜欢大海，喜欢它时而波澜壮阔、时而风平浪静的样子，大海给了他无限遐思，面朝大海，他的心里会很宁静，有种精神上的归属感。

第二天，他们来到海边，纷纷跳进大海，王甲一身健硕的肌肉，在阳光下闪着光泽。他被朋友用细沙埋了起来，他们在海里打水仗，四脚朝天把朋友扔进大海，欣赏沙滩美女，抓海鱼，吃海鲜，喝点酒，像儿童那样在沙滩上堆城堡，拿着相机和DV抓拍海景。"我好幸福哦！"有个女孩站在海边，双手握成喇叭状正面向大海高喊。女孩的喊声被海风吹远，许多人向她这边张望，王甲拍下了这美丽的瞬间，这个女孩喊出了王甲此刻的心情。

第一章 梦想开始的地方

花样年华,一切都那么美。这次游玩,是王甲青春记忆里最美好的画面,他更加喜欢大海了,他盼望着有一天能带着父母一起去看海。

这年10月1日放长假,王甲回到老家。一进门,他把一个证件掏出来,递给父亲。父亲接过来一看,是身份证。"爸,我的身份证,北京户口落下了。"母亲也凑过来看:"真的落下了,不容易啊!"他俩端详了半天。

"你小子真行哦,等再过几年,给我领回一个小京腔的北京娃。"父亲美滋滋地笑了。

"尽快成个家哦。"母亲赶紧补充一句。

"妈,你放心,我一定让你和爸爸过上好日子。"王甲对母亲说。

"只要你过得好,我们就省心了。"母亲笑盈盈地说。

看着父母这么开心,王甲心里也特别高兴。没错,会的。他想再拼搏几年,等奠定好了基础,一定把父母接到北京去,买套房子,娶妻生子,让父母享受天伦之乐。

一家人其乐融融地过了一个愉快的假期后,王甲又返回了北京。

2007年公司举办年会,王甲在舞台上用两根拖把,蘸上墨汁,伴随着音乐,一口气挥洒出漂亮的"和谐"两字,当这两个龙飞凤舞的大字在背景幕上缓缓升起来时,会场响起了热烈的掌声。将设计的东西在舞台上展现,这在公司以前是从未有过的,同事们都被他的才华折服了。

就这样,工作不到一年,王甲因工作出色,被提拔为设计部负责人。这真是一个收获的年份,北京市卫生局曾贴满大街小巷的"预防流感,接种疫苗"的温情招贴,是王甲的得意之作;他设计的多款广告海报,得到客户好评;他主持设计中国印刷博物馆数字馆,从整个设计风格的构思、制作,到布置工作,都是他一人承担,这个作品得到上至领导下至年轻人的一致认可;他申请的经济适用房也有了眉目。王甲想要的东西,正一件一件地兑现,他的世界正春暖花开。

这天,他去看电影《当幸福来敲门》[1],他被片中主人公生动感人的故事打动了,他觉得自己和加德纳相比,有许多相似之处,但生活更厚爱自己一些,虽说也有奔波劳苦,有时候也囊中羞涩,但并没有像加德纳那样露宿街头。他佩服电影中加德纳铁打的意志力和坚不可摧的信念。他要向他学习,像他那样努力去工作和生活,等待幸福来敲门。

灾祸悄悄来袭

他正在兴致勃勃地奔跑,突然一脚踏空,跌入了万丈深渊。他患上了肌萎缩侧索硬化症(ALS),也叫"渐冻人症"、

---

[1]《当幸福来敲门》(The Pursuit of Happiness),美国2006年上映的电影,哥伦比亚影业公司出品。故事讲述了落魄的业务员加德纳(Gardner)坚持奋斗,并最终取得成功的励志故事。——编者注

第一章 梦想开始的地方

运动神经元病（MND）。曾经以为是"咽喉炎"一样的小病，转眼变成无药可治的致命恶疾。他不相信，他辗转各大医院检查，希望医生说：这是误诊。

在我还是一个健康人的时候，我喜欢一个人骑着自行车安静地穿梭在北京的大街小巷，在每个街角和十字路口留下些许的记忆和灵感，或是一整天都坐在电脑前安静地构思和设计，积蓄力量，一点点地去实现梦想。正当我满怀希望，构建未来美好的蓝图时，我的生命却迎来了冬天，我患上了概率只有十万分之四的绝症——"渐冻人症"。

当医生一字一句地告诉我已经没有治愈这个疾病的希望时，我的脑子一片空白，看着妈妈不断颤抖的身体，我知道，此刻的她，心已经支离破碎了。谁能接受身边的亲人得上这个比癌症还要可怕的疾病呢？更何况是自己最亲爱的儿子！可是，即使遭受了这样的打击，母亲依然坚强地忍耐着，装作没事人一般安慰我："这病应该没医生说得那么可怕，再找其他医院看看，说不定能治好。"我也微笑着告诉妈妈："妈，您别着急也别上火。我相信只要努力配合医生，这病啊，一定会治好的。您的儿子从不会让您失望的！"

王甲精力旺盛，在单位是出了名的夜猫子。他爱美，穿着时尚帅气，打篮球、踢足球样样是健将级别。前段时间，总公司举办运动会，他以百米10秒37的好成绩，刷新了公司的纪录，获得冠军。

"昨晚又熬夜了？你这小身板，像铁打的。"一上班，同事兼好友岳峰就过来拍着他的肩膀赞道。

"习惯了呗。不过昨晚还真累了,老犯困,用冷水洗了把脸,总算搞定了。"王甲边说边打了个哈欠。

2007年7月,王甲私下跟同事岳峰抱怨,最近老觉得手没力气,攥不住拳头。一想到他刚刚在职工运动会上百米夺冠,岳峰没当回事。王甲捏了捏他的手,"你看,我捏不住了。"

随后几天,王甲说话变得迟钝,还"呜噜呜噜"的,岳峰让王甲讲清楚,王甲皱起眉头说:"岳哥,不是我不想,是嘴不听使唤了。"

9月的一天,王甲发现自己的舌头不再灵活,脑子反应过来的事,用嘴说出来却要慢上半拍,嗓子也不舒服,去K歌的时候,原来可以轻松唱好的歌曲却有气无力,高音十分费劲。他以为是咽喉发炎,就买了盒消炎药吃。

到了10月底,早上刷牙时,王甲握玻璃牙缸的左手突然拿不住杯子了。"可能是健身时拉伤了肌腱?"王甲心里这样想,还是没太在意。后来连续好几次,喝水时杯子从左手脱落,说话开始含糊,发音没原来清晰了。"你故意吐字不清啊,要学走周杰伦的路线?"正在和王甲聊天的同事,和他开玩笑。

也就是从那天起,王甲发觉自己容易疲劳了,有时回到家,一头栽到床上,没有洗漱就睡了;做俯卧撑时,胳膊没以前有力量了;在球场投篮时,弹跳高度也大不如从前。"看来真需要好好休息一下了。"王甲请假休息了两天。

但结果还是没调整过来。一天晚上,王甲又加班到很晚,和客户沟通设计方案时,客户听不清他说的话,盯着他看了半天,忍不住提醒他说:"你得赶紧去医院检查一下。"

"这几天我也在想,是脑子里长东西了,还是心脏出了问题?按说不会,我身体壮得像牛,从没生过病。"王甲说。

"我看你的情况,不像心脏的问题,你去查查神经系统吧。"客户是心脏病专家,他询问了王甲近期的情况,建议他去看神经科。

"只要脑子没长东西就好。"王甲知道脑子若长肿瘤,就要开颅做手术了,这脑袋做手术听一听就惊怵。

第二天,王甲去了医院。医生初步怀疑他是神经系统有问题:"你的情况还不能确定,需要进一步检查才能确诊。"医生对他说。

王甲在网上搜索自己的症状,发现并不是想象的那么简单,瞬间被一种恐惧占据,脑子里胡思乱想,他感觉自己突然被一股强大的奇怪旋涡吸了进去。

王甲接到好友洪旭的电话:"王甲,你有空来我公司一趟,我有事找你。"

"我马上要去见个客户,完了去一趟医院,我下午再去找你吧。"王甲说。

"去医院？谁有病啊？"洪旭以为王甲要去看病号。

"等见面跟你说吧。"王甲觉得在电话里说不清。

下午他们在洪旭的办公室见上了面。

"大甲，是不是加班累的？"洪旭发现他脸色憔悴。

"哥们儿，我病了。"王甲说。

"没事，你身体底子这么好。有个小病小灾的，抗几天不就过去了。"洪旭想象不出王甲也能生病，他都没怎么见过他感冒。在洪旭的印象里，王甲一米八多的个子，高高大大的，浑身肌肉块，特别帅，每次出行，都是王甲用自行车载着他。他还记得，经常遇到有人要求和王甲合影，走在路上，王甲的健硕和帅气很吸引眼球。

"你上网搜搜运动神经元症。"王甲把医生怀疑的病告诉他。

洪旭搜完后，表情错愕，他立即起身过去拥抱了王甲。王甲终于控制不住情绪，自己一个人扛了这么久，终于在好友的肩膀上，他哭了起来。洪旭也心疼地哭了。等平复后，王甲问洪旭要不要告诉家里。

"肯定要告诉的，哪能瞒得住，再说看病也得用钱。"洪旭劝他赶紧给家里人打个电话。

一想到远在老家的父母，操劳了大半辈子，眼见着苦尽甘来，儿子大了，事业又发展得这么好，他们怎么能想到一直很健康的儿子摊上了这个病？王甲不忍心告诉正过着平静小日子的父母。

"医生说有可能是运动神经元疾病时，我完全不了解这种病，后来我才知道是和霍金一样的病,看了好多纪录片,挺恐惧的。我是独生子,父母年龄也大了,我真怕他们接受不了。"王甲对好朋友说出了这段时间内心的煎熬。

两个人在办公室坐了很久,不知道该怎么办才好。

"虽说这是初步诊断,但还是给你妈打个电话吧。"洪旭又劝。王甲点头不语。

"爸,国庆节我想回家。"王甲给父亲打去电话。

"不是说不回来了,要去旅游吗?"听说儿子改了主意,王爸很高兴。

"我累了,回家好好休息一下。"王甲说。

2007年9月30日晚上,王爸和王妈早早来到火车站,来接儿子回家。

王甲从地下通道一上来,夫妻俩没认出来,等他走过来拍了父亲一下,他们才回过神来。

这是儿子?王妈一瞅见他,心里"咯噔"了一下。脸瘦了,气色也不好,怎么像变了个人呢,累成这样?与上次离开家时的意气风发相比,简直判若两人。

王爸发现王甲走路不对头,有点晃,腿发软,不像以前走起路来生龙活虎的。

快到家时,王甲走在前面,王爸和王妈落在身后,王妈望着儿子的背影,捅捅王爸:"咱儿子的腿怎么没有原来直了呢?"

三人一到家，王爸就问王甲："儿子，你怎么啦？"

"爸，腿没劲，嗓子还有点哑。医生怀疑可能是运动神经元病。"

王爸没听说过这病："你可能是累的，今后要注意休息。"

王妈端上饭菜，王爸拿出一瓶啤酒，说："来，儿子，今天你也喝一杯吧。"

"我躺一会儿，有点累。"王甲有气无力地说。

这是王爸第一次看见儿子没精神头。

第二天，王甲待在家里没出门。他打开窗子，屋子暖洋洋的，握着很久都没碰过的哑铃，开始锻炼身体。站在窗前，王甲面朝阳光，和煦的风吹了进来，他望着窗外熟悉的街角，思绪仿佛回到了中学时代，那时自己像一只小鸟，一心想飞出去，飞得越远越好，去看看外面的世界。

站了许久，他回到床上慵懒了一会儿，又从书柜里翻出了相册。"咦，妈什么时候把我的老照片从小到大排了顺序？"他一页一页翻开看，这时王妈也凑了过来。

"你奶奶活着的时候，一看见这张，就念叨你，你背她出来晒太阳，正好被邻居刘伯伯撞见，夸你小子力气大，懂事。对，就是在这棵树下。"王妈指着王甲和奶奶在树下的合影说道。

王妈想起婆婆活着的时候，王甲常给她洗脚，指头缝也细细地洗，这孩子对奶奶特别亲，奶奶也喜欢这个孙子。

"你照相很少笑，这张笑得多开心，这是刚刚书法拿了奖，看你高兴的。"王妈和儿子边翻照片，边讲照片里的故事，两人边看边笑，乐了好大一会儿。王甲看着母亲因为兴奋而泛着红光的脸，心里五味杂陈，他真希望她能这样一直开心下去，母亲3岁就失去了妈妈，结婚后，伺候重病的奶奶长达四五十年，吃的苦太多，现在该享清福了。这次回家就是想看母亲一眼，看见她时王甲心里既幸福又心酸，她越来越瘦了。"妈，我会努力工作，让您和爸一起过上轻松的日子，可还要等多久呢？"王甲心想。

　　第二天，他到外面转了转，还是那些街道和楼宇，一点没变，看上去真亲切。他走到学校操场。"记得上高中那会儿，你灌篮时的样子，又霸气又潇洒，不知道有多少女生暗恋你！"同学曾私下里跟他说。他记得这句话，想想真开心。那时候，偷偷递情书的女生很多呢。他忽然想起了初恋，那时的点点滴滴又回来了，她的样子在记忆里依然很生动。往事并不如烟，听说国庆节她要结婚了，愿她过得幸福。有时候，人怀一怀旧，真切感受到时间的一去不复返，会更懂得珍惜。

　　算一算，明天又要离开家了。王甲耳机里播放的音乐，正是齐秦的《外面的世界》。外面的世界，又精彩又无奈，但却永远充满诱惑力。

　　就这样，王甲在家里待了四天，又返回了北京。一到单位，他就开始忙着准备德国法兰克福书展的设计。这次书展的设计作品，王甲花费了很大的心思，因为里边有他最大号的作品。背景材料用的是最轻盈的布，设计元素突出了中国风，展台上面的云纹是纸卷成的圆形，水墨气韵,清雅大气,象征着中国古老的文化。王甲先画在宣纸上,然后喷绘出来,近看是墨,远看是云海,上面有层峦叠嶂的山峰,下面的石头经过处理后喷绘到布上,一溜长柜修饰得极具立体感。王甲在现场安装好这个大工程,并在博客里秀了一把这个作品,还不忘感谢现场一起工作的同行。

王甲一工作起来,身体上的不适似乎全忘了。

时间到了10月中旬,一天,邢凤娥给王爸王妈打来电话:"你儿子吃饭慢,说话还不清楚,手好像也不太灵活了,我怀疑他是不是脑袋里长东西压迫到神经了,有时间你们要来一趟北京。"邢凤娥是王爸的同学,周末经常请王甲去家里吃饭。接到电话,王妈立马带上钱,连夜赶到了北京。

她一路风尘仆仆,嘴里一夜间起了个大泡。"儿子,你怎么样?"一见面,她顾不得放下行李,两眼紧紧盯着王甲看,生怕他有什么闪失。

见母亲着急上火的样子,王甲忙安慰她:"妈,你别着急,我的病医生也是打问号的,还没确诊呢。"

看到王甲又瘦了,王妈变着花样给他做好吃的。独自在京闯荡快两年了,单身的日子生活多半没规律,现在又尝到了家乡菜的味道,王甲心中感到十分幸福。

这时候的王甲,虽说心里压上了重重的石头,但是倔强的个性没让他后退，他继续坚持上班。而病情也在悄悄发生着变化，他开始走路不稳，落脚无力，一晃一晃的，乘坐地铁时遇到人挤，还会打个趔趄。可他的大脑很活跃，思维更加敏捷，设计的作品灵感喷发。只要一投入工作状态，他就是一个健康人，甚至比健康人还要优秀。

王妈开始带儿子看病，他们乘公交，挤地铁，穿梭在各个医院，排队、挂号、各种检查、交费。先到北京大学第一医院，做完肌电图检查后，专家对王妈说，这有可能是重症肌无力，怀疑是运动神经元疾病。

"这个病能治好吗？"王妈一脸紧张地看着医生。

"如果确诊是这种病，就没得治了。"医生一字一句地说。

王甲听后大脑一片空白，他看着妈妈浑身不断地颤抖，忙安慰她："别急，妈，会有办法的，您别担心。我从小就和别的小孩不一样，医生说不能治，或许我和别人不同，我就能被医治。"看着年过半百的母亲为了自己的病，不仅这段时间过度消耗体力，还要承受沉重的心理压力，他心里痛苦万分。

王妈强作镇静地笑了笑，拍了拍王甲的肩，说："这病应该也没医生说得那样可怕，咱再找其他医院看看去。"

尽管嘴上这么说，可王妈心里还是感觉到了儿子病情的严重性。

吉林白城，王爸每天下班后就守在电脑旁，他在等王甲的消息。那天，王妈告诉他是"运动神经元疾病"。

"怎么从来没听说过这个病呢？"王爸赶紧上百度搜索，一查，出了身冷汗。他越看越害怕，太残酷了！病人一切功能将被一点点剥夺，全身肌肉逐渐萎缩，只有眼球的肌肉不萎缩，直到最后不能呼吸。

关掉电脑，王爸合衣躺在床上，这一夜他怎么也睡不着了，翻来覆去，满脑子都是儿子。"不行，我得赶紧去北京。"王爸放下手头的活，也匆忙赶到了北京。

11月20日，王甲住进了北京大学第三医院，开始了系统而全面的检查。这是诊断运动神经元疾病最权威的医院，王爸抱着一线希望，带儿子来这里做最终确诊。

住院检查期间，抽血、测试呼吸、肌电图……王甲遵照医嘱进行各项检查。做肌电图检查最遭罪，大夫拿着类似给马注射的那种大针，刺进他的肌肉，大针头刺进去好几组，他痛得直冒冷汗。检查过程要让不同频率的电流通过神经，并且逐渐增加电流的强度，达到刺激肌肉的目的。病人像是在上大刑，王甲在这个过程中像虚脱了一样，疼痛难忍，大汗淋漓。他咬紧牙关，一秒一秒地忍受着。

> 做腰穿的时候，我没有被针头吓倒，却被爸爸的一个表情感动落泪；我可以忍受针刺进肉里，然后过电的疼痛，但看见妈妈焦急的眼神，我的眼睛再一次湿润了。

当他从检查室里出来，在门外焦急等待的王妈迎了上去。一个患者家属也跟了上去，问他："小伙子，难受吗？"他看了一眼妈妈，想了想,说了声:"还行吧。"他把真相咽回肚里,他不想让母亲知道他刚才有多痛苦,检查方法有多残忍。

每检测完一个项目,王甲都要仔细看检查报告,他看到其他病友的家属藏着掖着,怕让患者知道实情。而他不,他要在第一时间知道自己的情况,如果有可能,他真想向父母隐瞒自己的病情,让他们永远听不到"坏消息"。

这段日子,王甲被折腾得要崩溃了,可他看到母亲深陷的眼窝,消瘦的面颊,为自己承受的苦,他又强打精神,不让母亲看出他有多焦灼。同样,王妈也不敢在王甲面前流露出紧张,可她心里怕极了,整夜整夜睡不着觉。而王爸也是坐立不安,常跑到门外一个人待着,一想到儿子,一身冷汗就下来了,后背都是湿的。一家人,在痛苦的煎熬里,等待医生的最终"宣判"。

看病的日子,坚强的王甲在博客里这样写道:

冬天来了,来得没有任何预兆,和家乡的冬天比起来,它显得那么无力和软弱。因为妈妈来了后,没有觉得寒冷,反而觉得生活的温暖。

人生犹如抛物线,不论是低谷还是高潮,你给自己的人生定下的那个坐标的水平线永远是直的,运动的,而且一直在继续,从不回头。我不怕离开,怕的是生命的贫瘠。

12月11日,一位姓高的医生把王爸叫到办公室:"你是王甲的家属？"王爸咽了口唾沫，他擦了一把额头上的汗，点了点头。

"专家会诊报告出来了，你家孩子得的是肌萎缩侧索硬化症，也叫'渐冻人症'，英文简称 ALS。这种病不影响智力、记忆和感觉，但患者的肌肉会逐渐萎缩无力，身体就像被冻结一样，各种功能会丧失，最后呼吸衰竭而死。这种病的发展很迅速，从发病开始，存活时间大约2~5年。"大夫向王爸解释这种病的残酷。

王爸一听就蒙了，脑袋"嗡"的一声。这二十多天最怕的，说来就来了。他只感到后背又"哗"地淌下冷汗，身上的那件羊毛衫湿透了。这几天他不记得有多少次，一琢磨儿子的病，冷汗就一下冒出来，躺在床上，能把床单都浸透。

"大夫，能治吗？我就这一个孩子。"王爸的喉头像被什么塞住了，好不容易说出话来。

"没法治。这是世界三大绝症之一，你家孩子又是三个类型中最严重的，很罕见。你最好别让他知道，他抗不住。"大夫说。

"什么也瞒不住他。大夫，怎么办？你还得给想想办法啊！"王爸不停地淌着冷汗。

"有个进口的美国药物，价格很贵，一瓶五千多元，28天一瓶，还得连续用，一瓶两瓶的不管用，这药也只能延缓一下，如果没条件的话就别吃了，回家好好给他补点营养。你要有个精神准备，这孩子没多长时间了，最多活不过3年。"高医生最后说。

一听这话,王爸腿一软,就站不住了,他不相信这一切,语无伦次地说:"大夫,他现在有时还能去打篮球,没那么严重,不会有大事的吧?"

王爸双腿灌上了铅,不知道怎么走出办公室的。王妈从未见过丈夫这种表情,也没见过有什么事难倒过他。在她心目中,他是个东北硬汉子,脾气急,办事爽快,能吃苦。

王妈一下全明白了,她感到天昏地暗,这段时间,她从未在儿子面前掉过泪,以前她看电视剧动不动会哭,王甲曾调侃她太感性。可儿子住院检查时,她把心里的苦憋着,她是抱着一线希望来的,可现在所有的希望彻底破碎了,她柔弱的身体支撑不住如此巨大的痛苦,她再也控制不住自己了。

"如果儿子没了,家也就塌了。"王妈不敢往下想,原以为丈夫是天,是全家的依靠,现在忽然发现儿子才是整个家的支柱,他在家在,他快乐,全家人高兴,他痛苦,全家人悲伤,他的存在没人能够代替。王妈像在做梦,她不相信厄运降临在儿子身上了,她的心像是正被一把利剑一下一下生生地剜割着。

看到诊断结果,王甲难以想象,曾经以为是"咽喉炎"一样的小病,怎么转眼变成无药可医的致命恶疾呢?这段时间以来,自己像是行走在漆黑的风雨夜里,深一脚浅一脚,天天盼着天亮,可没想到,竟然一脚踏空,坠入无底深渊。此刻,文字已描述不出他绝望的心情,肉体和精神的极度痛苦像猛兽一般狂奔而来,一场噩梦开始了。

我知道在父母眼里，
我多么重要。
只要我还在呼吸，
他们就不会孤单。

我在灰暗的世界里
挣扎，
悲伤又绝望，
勇敢又倔强；
我不能倒下。

我试着用坚强带领家人走出
绝望，
只要活着就有希望；
我不停止传达我的爱和思想；
我知道我是个病着的穷人。

第二章
跌落的生命在无声呐喊

我试着让灵魂更加丰富，
做个精神上的富翁；
我相信有一天奇迹会降临，
我会重返人间。

我会沉迷一切自然之道，
种花，喂马，垂钓，烹饪，
做家具，读名著，游于圣人之门。
我知道，爱我的人和我爱的人，
正在注视着我。

"你这炒的是什么菜！打死卖盐的了？放这么多盐，还嚼不烂，你多煮一会儿能怎么了？"王爸刚夹了一口菜，就扔下筷子。

王妈还没坐下，听王爸这么一说，也来了气："你吼什么吼，烦不烦呢？什么时候学会挑食了，不吃拉倒！"

"这菜多贵呢，白瞎了。你说这几天你是怎么了，做菜不是咸了，就是不放盐。干脆说吧，这饭你不愿做我做！"王爸越说越生气。

"我走神了，可能又放了两次盐，你就别嚷嚷了，本来这饭就做晚了，大甲也饿了，凑合着吃吧。"王妈看了一眼儿子。王甲低着头，闷不作声。

"还好意思说他饿了，他现在嚼东西费劲，你不知道？还把菜煮成这样？"王爸的嗓门更高了。

"哗啦——"一声响，王甲用力挥了一下胳膊，桌子上的东西噼里

第二章 跌落的生命在无声呐喊

啪啦落了地,米饭倒扣在地上,两个菜盘子全碎了,菜汤溅了出来,馒头滚了一地。

两口子的争吵声戛然而止。他们一齐望向儿子。

王甲一声不吭,生气地坐在那里。

这是王甲患上"渐冻人症"的最初半年。全家人没有半点思想准备,一下从天堂跌入了地狱。从震惊、害怕,到悲伤、彷徨,在治疗的过程中,一次次燃起希望,又一次次成了破碎的泡影……一个24岁的大男孩,生命不能承受的,他在承受。他想坚强,可疾病的狠劲以超乎想象的破坏力摧毁着他的意志,他悲伤、低迷,甚至绝望;他又不服输,不甘心,怀有希望,心灵在肉体的折磨中不断受到挑战,正繁华着的生命在春天"结冰"了。

王爸,一个正直善良的北方硬汉;王妈,一个温柔细腻的南方女人,他们眼见着心爱的儿子,从健康一下子变成这样,他们接受不了,着急上火,又无处发泄,经常为点小事吵架,两个人的性情都变了很多。

家里的气氛沉闷,每个人都烦躁不安。王甲大多时候沉默,有时候突然会爆发,他变得易怒暴躁。这是刀山火海的折磨,一家人像突然被困在了牢笼里,他们试图寻找出口,却又冲不出去,这种无助和抓狂,没有人能真正体会。

王甲的体重从140斤骤降到不足110斤。

像个健康人那样去战斗

眼泪虽在眼眶中，可骨子里倔强的个性让他决不屈服，他要从精神上打垮疾病，蔑视它，排斥它。他去天津看朋友，去户外健身，照常去上班，他想让生活一如既往，像个健康人一样生活下去。

查出病以后，王甲不愿面对，他在家待了一个月。他痛苦，绝望，但骨子里不认输的个性让他很快走出来，接受生病的事实。既然来了，就不去怕它，面对人生的许多次挑战，他都能成为赢家，他想凭着自己的毅力，去战胜疾病。思想上好像一下子解脱了，他要拿出行动，去与疾病战斗，他有的是力量，他相信自己能行。

出院后，王甲仍然去锻炼身体，他不想让自己的肌肉萎缩，也不信这么饱满结实的肌肉说萎缩就萎缩了。

那天他出门，踢腿弯腰，活动一下筋骨。当他踢正步时，突然没站稳摔倒了，后脑勺重重着地，他眼前一黑，就失去了意识。过了几秒钟，他睁开眼发现自己躺在地上，后脑勺剧痛，用手一摸，起了个大包。他用手扶着地，扭动了一下身体，想站起来可没能成功。原来身体已不够协调了，反复做了几次，他才踉跄着站起来。没事，他摇了摇头，笑了笑，扑落掉身上的尘土。"刚才动作没做好，下次注意就是了。"他对自己说，他要欺骗自己一次。

王甲想起孟子的那句话:"天将降大任于是人也,必先苦其心志,劳其筋骨,饿其体肤,空乏其身,行拂乱其所为,所以动心忍性,曾益其所不能。"刚来北京时,他曾用这句话来激励自己,现在又重新想起来,他希望再次从这句话里找到力量。

尽管没停止去做户外锻炼,可王甲的身体却一天天在衰弱下去。

"儿子,今天想吃什么,我做给你吃。"王妈小心翼翼地问王甲。看着王甲消瘦下去,她很心疼。

"吃什么都行,我今天不饿。"王甲见母亲一日三餐为自己忙,心里说不出是什么滋味。这段时间,他意识到自己的存在对母亲太重要了。他直了直腰,告诉自己千万别趴下,为了母亲也要坚强。

身体不适以来,王甲开始恋旧,一段时间,他想念好朋友亚桐。他心想:"去看看他吧。"说走就走,他坐火车来到了天津。亚桐和女友去车站接他。多年不见,两个好友拥抱在一起,他乡见故知别提多兴奋了,王甲看到好友有了自己的小家,不由得一阵羡慕。他们在天津的大街上转,哪儿热闹去哪儿。王甲一边走,一边对这座越来越商业化的城市指指点点,为有些古建筑的消失而遗憾。晚饭的时候他们在家里做了几个菜,一起回想上学的日子,聊了聊篮球,说了说今后的打算。天津之行,王甲似乎又找回了自己,旅游、美食、美景,三两个好友畅所欲言,一样不少。

2008年元旦，王甲收到一份特殊的礼物——中国印刷总公司集团领导特意为他制作的一段视频。此外，还有公司员工给他的捐款。这是雪中送炭，听着他们真诚的祝福，王甲哭了很久。这份意外的礼物，带给他强烈的情感冲击。从住院到出院这段时间，他的天空是黑屏的，而眼前这份关爱，像一束温暖的亮光照了过来，他的心里敞亮了，不曾想到，自己原来很需要这样的关爱，它让自己在一瞬间点燃生活的信心，有了战胜疾病的力量。"我真的不会让你们失望的。"王甲看着视频，心里暗想。看过视频，王甲转过头对父母说了句："我要去上班，我能行的。"

这段时间，好朋友范常瑞常来看他，他不相信好兄弟得了这种病，他还记得在健身房里，王甲秀肌肉块的样子。临走时，他悄悄把钱塞给王妈。

王甲在博客里，敲下了这样的文字：

　　静下来，听着缓缓的歌曲，仿佛心里充满了对未来生活的无尽向往。身体的功能在一天天退化，我也突然不再被这样的事情干扰了。经过这几个月和命运的抗争，发现自己有了这种放下的胸怀。

　　是的，我从未屈服过，也从未逃避眼前的生活，我获得了无比强大的力量和动力。我也经常一个人在脑子里浮现很多美丽的风景画面，仿佛自己就在其中。此时，眼泪就在眼眶中，这泪水使我真实地体会到了自己的存在，存在这个我喜爱的世界里。我也不再去想青春对我的承诺，在我心里，永远有个目标，就是要活出一种姿态，不论自己多大年龄，身体有多差，命运还会有什么安排。把握每个今天就是把握每个明天，眼泪是好是坏都不重要，重要的是我现在还可以哭，为生命感动和悲伤。

总觉得我会好起来，还可以像原来那样鲜活，活出自己的精彩，这就是我唯一想要做的。在圆这个梦时我一定会经过很多磨难。这个非常人所能挨住的艰辛，我必须面对，这个病的得病概率是十万分之四，那么拿我们城市的40万人口计算的话也不过一两个而已，而又有多少人是被吓死的呢？人生不是做了多伟大的事迹才有意义，现在我活着就是充满了无穷的意义了。我从来没有对生命如此的向往，因为我的存在，家里才会有阳光、有希望，才会有笑声和温暖。

这些豪气和倔强的话，仿佛在说给自己听，他想给自己打足气，他要为自己冲出一条"活路"来。

"这孩子太倔了，你说这样了还去上班，这病又不能累着，怎么办啊？"王妈向王爸抱怨。做母亲的担心儿子，王甲刚出门，她的心就七上八下了。

"儿子太要强，走路不稳摔着怎么办呢？要不你跟在他后面吧，送到地铁，万一出点事就麻烦了。"王爸也是干着急，儿子倔脾气上来，他也没辙。

王甲不顾父母阻拦，要去上班，他要用行动给自己希望，他要证明别人能做的，他也能做，他和健康人一样，还能设计出好作品，能为家庭创造收入，他是一个有用的人。更重要的是，他离不开工作，他根本无法想象天天待在家里的日子怎么过。

一路上，他走得歪歪扭扭，像个小儿麻痹症患者，周围有奇怪的眼光投过来，他假装没看见。在地铁到站时，一个刹车，王甲没有站稳，重重摔倒了，他的手不由自主地抽搐起来，在众人惊讶的目光中，他费劲地爬起来。这时他感受到了自己身体的残缺，但这让他突然变得勇敢起来，他故意把脚步迈得很用力，大踏步地向前走。

当王甲出现在办公室时，所有同事都惊呆了。王甲生病的消息曾在单位引起过轰动。大家震惊、惋惜、同情之余，没人相信"铁打"的王甲能患上这种要命的病。大家只记得运动场上百米冲刺时的王甲，记得通宵熬夜加班时的王甲，就是难以想象生病的王甲。而此刻，他又出现在大家面前，正淡定地微笑着，病着的王甲又回来了。

"大甲！你来了啊？在家里多休息几天嘛。"同事"呼啦"一下围了上来。

"现在感觉怎么样？"一双双眼睛围聚过来。

"看起来你气色不错啊。"同事王春萍故意说着安慰话。

听着同事的问候，王甲心里暖暖的。

"还是上班好，真想你们呢。"这是实话，王甲很想这样一直待下去，这里是他奋斗过的地方，那些加班熬夜的晚上，那一件件浸透着汗水的作品，这里所有的美好记忆，他都格外留恋。他爱这里，他无法想

第二章 跌落的生命在无声呐喊

象哪天再也来不了了，怎样面对自己。

办公室慢慢安静了，同事们又回到了各自的位子上。无论是过去还是现在，提起王甲，他设计的作品也好，现在的状态也好，总是能让同事眼前一亮，不得不佩服他是强人。

生命无常，要是王甲不生病，那他该多有前途多幸福啊。有人叹了口气说："唉，天妒英才啊！"

坐在自己的座位上，打开电脑，王甲握着鼠标又开始了工作，他的内心再次充实起来。王甲喜欢这样的状态，忙忙碌碌。他喝了口茶，翻开笔记本，随意涂鸦着。要是能这样多待些时间多好，可他心里明白，这样的时光不多了，他非常珍惜上班的最后时光。

时间一天天过去，王甲仍然坚持去上班，可病情的发展没有因他的抵抗而止步。有一次上班的路上，行人很多，那是个雾霾天。"这小伙子，这么年轻，好像有心脑血管病，中过风，真可惜。"有行人在议论他。突然，王甲在下台阶时，一下摔倒了，他赶紧爬起来，没站稳，又跌倒了。悄悄跟在后面的王妈慌忙跑过去，她弯下腰想扶起儿子。王甲扭头一看是她，猛地一甩手，他很生气母亲在偷偷跟踪他，他自己费力爬起来，头也不回地跌跌撞撞往前走，好像在跟谁怄气。

王妈还在后面，继续悄悄跟了上去，这次她直到看见儿子进了单位大门，才转过身往回走。这孩子自小就倔强，认准的事，谁也劝不住。王妈边走边想儿子，眉头不知不觉皱成一个大疙瘩。

吉林白城市，2008年腊月，来了一股强大的冷空气，整个城市大雪弥漫，天寒地冻，而心里最冷的是王甲一家人，他们刚从北京返回老家。这是忙年的日子，人们都在打扫房屋，置办年货，筹备着过春节。而王甲一家，没有这个心思，这是他们最难挨的一个春节。

听说王甲回来了，王甲的舅舅、叔叔、伯伯、其他亲朋好友、左邻右舍，还有王甲八十多岁的开明豁达的姥姥，都闻讯赶了过来。一时间，家里坐满了人，王甲的病让大家非常震惊。

"唉，这病让这么好个孩子给摊上，这到底怎么办啊！"

"听说这病没法治，让孩子吃好喝好，你们也别太难过了。说不定，把心放宽不去管它，反而还好了呢，有这样的事。"

"是啊，别灰心，现在科技这么发达，说不定哪天突然有药可治了。现在心脏都能换，心脏坏了，换一个能继续跳动，像健康人一样，这是以前咱想都想不出的事。"

"有病乱投医，偏方治大病，你们打听一下土方子吧，说不定就治好了。"

"霍金就是这个病，21岁得的，现在66岁了还活着呢，大甲也能再活50多年。"

大家七嘴八舌，议论着王甲的病，说什么的都有，提出了各种建议。王爸和王妈认真听着，不时回上一两句，他们知道，最终还得自己拿主意。

怎么办？是治疗还是放弃，是留在老家还是回北京？

"大甲是北京户口，我想还得回北京去治，可以享受医疗优惠待遇。再说，北京信息最发达，有最新医疗消息，能早知道。"王爸提出自己的想法。

王妈也同意："对，我也这么想，大甲现在还能去打篮球，别给孩子耽误了。"

"我看到北京去不行，费用太高了，别说医疗费，光吃住得花多少钱啊，咱哪能承受得起。还是在家就别走了，反正也没治了。"邻居王叔叔说。

"医生说最多3年时间，还能跟儿子待3年，我豁出去拼尽全力也得延长儿子的命。把房子卖了吧，只能这么着了，孩子的病要紧。"此时的王爸拿定了主意。

"你非要卖房的话，就给我吧，别耽搁孩子看病。"王爸的一个叔伯姐姐开了口。

春节期间，王甲家里没有节日气氛，没断过前来探望的亲戚朋友，王甲患病的消息，如一枚重磅炸弹打乱了一家人的正常生活，每个人的阵脚都乱了。

"这阵子什么也别考虑了，不能治也得治，就是倾家荡产咱也得给儿子治。"王爸对王妈说，无论如何也要救儿子。他们怕失去这唯一的孩子，他们没有退路。

半个月后，王甲一家又回到了北京。

他们暂时借住在王爸的侄女家。落下脚后，王爸天天跑出去到处找房子。在此期间，夫妻俩听说有个针灸大夫，治好过许多疑难杂症，就赶了过去。

诊所开在小区旁，那天室内坐了不少人，一个30岁左右的医生，正拿针在给人针灸。王爸说明来意，这位姓王的医生相当热情，对王甲的病更是大包大揽，拍着胸脯说："能治，放心吧，保证能治好！"医生语气很肯定，一副胸有成竹的样子。

"看来孩子有救了。"王爸和王妈听王医生的语气，心里有底了。他们一路上话多了起来。

"你别看针灸的针很长，但它细，医生手法好，不会太痛。儿子你可要坚持住，听大夫的，别间断。"

"嗯，痛能痛到哪里去，我不怕痛。"王甲看到父母如抓着了救命稻草的样子，不忍心让他们失望。此时，父母燃起的一线希望，他又何尝不是，但能成吗？大医院的医生不是说过，目前全世界没有方法可治，一个小诊所里的大夫能治？可这阵父母更愿意听到"能治"这样的话，他们愿意相信儿子有救，王甲也想试一试，说不定真的能治好。

他们在诊所附近的小区租到了房子，王甲一边针灸一边坚持上班。

这时候，家里的积蓄也花得差不多了，王甲针灸后开支增大，王妈退休的千把块钱，生活费压到最低也捉襟见肘，考虑到今后还需继续用钱，王爸在北京郊区一个煤场找了个活。路远，就住在煤场的一个帐篷里，到了周日跑回家看儿子。50多岁的人了，每天一身煤灰，吐一口唾液都是黑的。曾是筑路司机的他，常年在山区作业，虽说他能吃苦，可也从来没干过这么脏和累的活。每天连轴转，不是用铲车推煤就是扫院子，一刻不闲着，工作环境恶劣，工资也不高。可一想到儿子，王爸还是硬撑了下来。这个工作是季节性的，到了6月份，工作就结束了。老家的同事在内蒙古给他找了个铲车司机的工作，他决定到内蒙古打工。

临走时，王爸对王甲说："我去内蒙古了，你妈在家里陪你，你要好好配合针灸，听大夫的话，别让我在外面惦记你。"

王甲拍了拍父亲的肩，咧嘴笑了笑，他用力挤出两个字："放心。"

王甲推出自行车，把父亲送到地铁口。王爸真心不想走，他放不下儿子，可又不得不离开，他必须出去赚钱，给儿子治病。要上车了，他回过头去，见儿子脸上挂着笑容，他也用力点了点头。

这是王甲坚持上班的第四个月，那天起床后，他感觉双腿不大受大脑的支配。王妈劝他不要去了，他没吱声，吃完早饭，照常又出了门。王妈拿着给儿子做好的午饭，送他到地铁口。当王甲走到地铁入口时，自己绊了自己一下，跟跟跄跄地跌倒了，他用力撑了撑身体，想象原来每次摔倒一样再爬起来，可这次没能成功，他趴在地上起不来了。跟在身后的王妈见状跑了过去，费力地把王甲扶了起来。

"儿子,咱不去了,回家。"王妈拍打着儿子身上的尘土,泪也不停地往下掉。除了心疼,还是心疼。

王甲站在那里,没动,一群群赶着上班的人,从眼前匆匆走过,他站了很久,最终缓缓转过身来,迈开腿慢慢往家的方向走去。疾病终于将他的执拗压下去了,从此,他没能再走进让他留恋的工作岗位,没能再走进他心爱的设计部。

公司的一纸解聘书递到了他面前,当王甲和单位签下这份解聘合同时,心里好似打翻了五味瓶,什么滋味都有。在那里,他付出的不只是血汗,更多的是一个赤子之心,一个梦想,一切就这样结束了。疾病摧毁的不仅仅是他的肉体,还有许多他生命中最重要的东西。原以为,自己只要不认输,就会吓退病魔,原以为只要努力坚持,心愿就能达成,然而此刻,现实告诉他,不是这样。整个下午,他陷入了对自己的失望中,悲伤和绝望如此难言,他沉默着。

男儿壮志未酬,命运要把我推向何处

从踉跄走路,到坐上轮椅,从风风火火忙碌,到窝在家里不动,针灸治疗失败了。他在痛苦的挣扎中彷徨,他困在了精神的孤岛上。这时,一个叫孙娜的女孩走来了,朋友飞哥走来了，在这"极寒"难挨的时日里，竟出现了这样的"幸福的一日"。

"儿子，妈去买条鲳鱼吧，你想不想吃？"王妈看王甲不爱吃饭，心里着急。

"不吃。"王甲闭着眼睛，他这样懒在床上不起来已有多日了。这段时间，除了去针灸，他就这样躺着不想动。每天紧绷着脸，也不想说话，每次吃饭要母亲催好几次，坐下吃几口就没了食欲。

王妈知道儿子心里苦，她不知道怎么办好，其实自己心里也苦，但不能在儿子面前流露出来，她怕儿子看了难过。只有去针灸时，她心里才舒服些，盼着真像大夫说的那样，能治好。儿子快点好起来吧，她想。可是，自从针灸以来，儿子一点不见好转，反而一天不如一天，她心里是火烧火燎的，儿子不是待在家里的人，他喜欢户外运动，喜欢每天有事可做，喜欢忙忙碌碌，可如今……她叹了口气。

王甲在自己的博客里，写道：

我曾经安静地思考过生命的意义，可现在一切都乱了。我曾经挣扎过，可疾病以它强大的破坏力，把我一点点摧毁。我本倔强的灵魂，心生胆怯了吗？我本想挽留下生命的美丽，抓住高飞的风筝，可为什么命运要以这种自杀的方式，一点点吞噬我的青春？

王甲心里在呐喊,可是没有回音,没人能够回答他。他在疾病的围困里,独自挣扎着,犹如一个人的孤岛,没有谁能真正走进他的心里,"感同身受"这个词在这个世界上是不存在的,没有谁能体会他的巨大失落和苦痛。他觉得自己成了一个废人,不上班的他,封闭起自己,他想用与世隔绝来逃避这痛苦。

这时候,他的朋友飞哥打来电话,约他一起出去游玩。飞哥知道王甲爱好户外运动,是篮球场和健身房的活跃分子,待在家里没病也要憋出病来的。为了王甲,他和妻子特意组织了一次郊外游玩活动。

王甲答应了。尽管他此时像一只鸵鸟把头埋进沙堆里,不想见任何人,可飞哥的邀约又唤起了他内心的渴望。其实他放不下对大自然的热爱,离不开人群,他动心了。

一行人开着车,带上吃的喝的还有烧烤用具,向城北的虎峪进发。好久没出门了,沿途放眼望去,到处是美景。以前王甲参加集体活动,最重最难携带的东西都是他背,因为他力气大,而这次他成为需要被照顾的人。背包被别人"抢"了去,山路十分难走,一共12里的山路,一行人替换着搀扶他,大家走了一里路就安营扎寨了。

王甲坐在一块岩石上,看大家忙着收拾各种东西。吃烧烤、喝啤酒、K歌、打扑克,同龄人在一起玩真好,可惜王甲不能唱歌了。可他在用心听,在大自然的怀抱里,人的心会不自觉地敞开,王甲忙着拍照留念,他的心情逐渐好起来。

回到家，他整理着一路拍回的照片，一张一张打开，又仿佛重新走进美景里。那条被绿树掩映的山路，曲径通幽，他在上面打上这样的字："前方的路我没去，错过的不仅是风景。"看着岩石缝里钻出来的那束小白花，他题上了这样励志的句子："生命无论在哪里，都会选择绽放。"一棵繁茂的黄杨树，枝干斜斜地横在灌木丛中，他在树旁留下了这句话："假如我是一只蚂蚁，天天可以看这种风景。"一堆流水冲圆的大石头，不知为什么，让他想到了母亲。王甲的思绪虽在乱舞，心灵却完全与美景融为一体了，他在品风景，他不知道自己已成为风景中的一景，他与大自然心灵互通。最后，他在一湾湖水的照片里写道："此刻我的心情和它一样平静。"

大自然的魅力，在王甲看来是可以疗伤的。旅游回来，王甲的心情平静多了，他内心强大的一面又占了上风。看到儿子脸上有了笑容，王妈很开心。她拿出相机，拉着王甲出去拍照。"是花楸树。"王妈指着路旁一棵开着花的树，这是老家的树，王甲拿起相机拍下了它的美姿。王甲心里涌出海子的一首诗。在博客中，他用这首诗记下了诗意流动的这一天：

幸福的一日

我无限地热爱着新的一日
今天的太阳

今天的风

今天的花楸树

使我健康富足 拥有一生

从黎明到黄昏

阳光充足

胜过一切过去的诗

幸福找到我

幸福说:"瞧,这个病人[1]

他比我本人还要幸福。"

在劈开了我的春天[2]

在劈开了我的骨头的春天[2]

我爱你,花楸树

这样开心幸福的时刻,太短暂,但的确真实地发生了。有许多网友从他的博客里读到这首诗,深感震惊,这哪是一个病人该有的心境?一个叫"伤透我心"的网友,在博客上给王甲发来纸条,问自己如何能像他那样忘记痛苦。

其实,王甲每天都在遭受痛苦的折磨,也无法忘记,他只是能在某

---

1 原诗为"这个诗人"。——编者注
2 原诗为"秋天"。——编者注

一刻里抽离痛苦,去体味片刻的开心,他太喜欢这种感觉了,他要把它记录下来。

每天,王甲早早起床,迈着僵硬的双腿移出屋子,王妈搀扶着他到公园散步。他一步一步移动着脚步,享受双脚踩在地面上的感觉,踏实、真切。他在抓紧时间享受着走路,他不知道哪天会突然停下来,再也迈不动步。

他坐在长椅上,望着眼前的人来人往,想到人生的不同命运:"我们像被风吹散的蒲公英,飘来荡去,落在了不同的地域,靠着白云和空气传递信息和情感,在这尘世中,我们落脚不同,在流浪,在发芽,在绽放,在随风漂流,在等待,在寻找,在享受……而我在这里,默默地看着。"

他去楼下晒太阳,阳光暖暖的,照得人浑身瘫软,他似睡似醒。"我还在呼吸,还在看这个世界,我是幸福的,因为母亲爱我,无私的爱,极致的爱。"他努力忘记自己身体的不适,正如鲁迅《野草》里的描述:你想象过你要是有一天头脑清晰、身体完全不由你控制时的感觉吗?他与这段文字真的相遇了。

他想超越悲伤,可以这样安静地倾诉。可这样的时刻仅仅过了一个月,王甲的病情迅速恶化,生活上的很多细节自己都做不了了,右半身已经没有了力气,原来凸起的肌肉渐渐萎缩,没事从不照镜子的他,会照照自己的身体,看见身体又瘦弱了,他心里就会茫茫然。而右手拿筷子也不灵了，夹菜老掉。他忽然意识到了什么，拿来毛笔，铺开宣纸。"从今天开始，我要用手写字，不用电脑了。"王妈凑过来看，她好久没看儿子写毛笔字了。

王甲握着毛笔，他想找回墨香在宣纸上洇开的快意，然而，笔下蜿蜒而出的字，怎么看也不像是他写的了，他生气地把字揉成一团，扔掉，再写，写了又扔掉，他沮丧。王妈俯身拣起来："还行，这不挺好的嘛。"她在鼓励儿子。王甲想起什么似的，又拿起毛笔，接连写了好几幅，他用相机拍了下来，放在博客里。他知道，总有一天，从7岁开始就喜欢上的书法，伴随他成长的心爱的书法，也将离他远去，而且现在他的水平已经开始慢慢退步了，他要留作最后的纪念。

病情一天天加重，王甲的舌头发木，发音更不清楚了，双腿用不上劲儿，需要有人搀扶着才能走路。王妈独自照顾王甲，显得更吃力了。

一个星期天，王甲家里来了个陌生女孩。王妈心里纳闷，在这里住半年了，没有熟人来串门，这小姑娘走错门了吧？

不是，她就是来找王甲的，她叫孙娜。原来，孙娜在回龙观社区网看到一个帖子，是关于王甲生病的事。"肌萎缩侧索硬化症"是什么病？怎么从来没听说过呢？她上网一查，发现这病被称为清醒的"植物人"，是绝症，生病的人很痛苦。她又搜出王甲的博客，他的文字太有感染力了，这么有梦想、有才华的一个人，患上这病太可惜了。她在博客里给他留言，并加了王甲的QQ，当她得知王甲住的地方离自己家其实很近时，决定立即动身去看望他。

这是一套三居室合租房，王甲一家只租了其中的一间。房间很小，进门就是床，多一个人进来，就显得很拥挤。孙娜进门时，王妈正帮王甲换新衣服，今天阳光好，他们准备出去走走。

"你好！"王甲和孙娜打招呼。这是王甲生病以来，第一个陌生人走进这间小屋子。王妈赶紧请孙娜坐下，孙娜打量着这间房子，房间里没什么东西，很简陋。

"我在论坛里知道了你的事，过来看看。我家离这儿不远，可以说咱们是邻居。"孙娜语速很慢，很有亲和力，一看就是那种令人感到亲切，没有距离感的邻家女孩。初次见面，他们就聊起来了。

"小时候，我生病特怕打针，一见穿白大褂的就哭，至今还有恐惧症呢。我男友开玩笑说我矫情，呵呵。我这人就是不太坚强。"孙娜说他看了王甲的博客，特别佩服，"腰穿刺多痛啊，真想象不出。"

"我能忍住痛，就是受不了我妈的表情，我穿刺的时候，她倒受不了了。"王甲和孙娜初次见面，就聊得像老朋友一样。

随后的日子，孙娜成了王甲家里的常客。她休班时就会过来坐坐，碰到王妈忙不过来时，她就搭把手，做点家务，陪王甲聊聊天。

最初一段时间，孙娜还经常和王妈一起把王甲扶上轮椅，推着他出去溜达。走到街心公园时，她俩架起王甲的胳膊，让王甲下来走走，锻炼一下肌肉。"迈腿，好，再迈一步。"在她们的指挥下，王甲走了一步又一步,这情景大概持续了不多久,王甲就再也迈不动步了,整个身体向下坠,一米八多的个子,自己使不上劲儿,王妈身材瘦小,孙娜也没多大力气,两个女人就撑不动他了。

这时的王甲,说话更不清楚了,身体状况一天比一天糟糕。疾病正在一点点剥夺他的功能,重返幼童的感觉真不好,处处需要照顾的王甲,抗拒着母亲的照顾。自小就很独立、凡事自己做主、从不让父母操心的他,不愿接受像幼童被人照顾的现状,他的脾气变得烦躁易怒。

一天,孙娜又来看王甲时,王妈去医院了。王甲每次有变化,她都要跑去问大夫,这段时间跑得更勤了。

"现在,我真的可以承受疾病的苦,可就是苦了我妈。我妈不该是这个命,老天爷怎么专欺负老实人呢?每次看到她为我吃苦,我心里特难受,我想帮她,想孝敬她,结果变成这个样子。"这些话在王甲心里憋得难受,今天他终于向孙娜说了出来。

"其实,做父母的都这样,他们愿意为孩子吃苦的,你不用内疚。"孙娜安慰王甲。

"我有的是劲儿,就是使不出来。我不怕死,就怕我的病夺走我妈的幸福,如果真的要夺我的命,那就来吧,我不怕。"王甲眼里放着光,他的热血又在胸中沸腾起来。

和孙娜说说话,王甲心里透了透气。他知道说这些没用,可是,看着母亲一天天消瘦下去,他就心疼得厉害,母亲是触痛他坚强内心的那把锋利的剑，是他心灵困境里最大的压力，他憋在心里实在是难受。

这段时间，孙娜看见王甲和自己母亲常怄气、发火，但她知道他对母亲的爱是这样沉重啊。他不仅仅肉体痛苦，精神上更痛苦。看到他们母子这么苦、这么难，孙娜心里很难过，她想多帮帮他们。那天孙娜在王甲家里不知不觉待到很晚，她打电话让男友来接她。

"他们一家太不容易，太需要帮助了。"孙娜和男友说。

自从孙娜开始帮助王甲，陪男友的时间就少了，可男友没有怪她，反而挺支持她的，觉得她心地这么善良，是个好女孩。

一天晚上，孙娜突然接到王妈打来的电话，说王甲摔倒了，请她过去帮忙。孙娜急忙赶过去，一进门，看见王甲坐在地上，瘦小的王妈正在用力地拽他。

见孙娜来了，王妈直起腰来："他跌倒了，后脑正好磕在玻璃桌子上，他说不了话，也没有呻吟声，等我从洗手间出来，他头上已流了好多血，我这几天有点感冒，没力气，怎么也拉不起来他。这么晚把你叫过来，真是没办法了，辛苦你了！"

王甲浑身冒着虚汗，要呕吐的样子，孙娜急忙和王妈一起把他抬到椅子上。"流这么多血，得到医院包扎一下。"孙娜跑出去打车，打不上。王妈想起一个三轮车夫，给他打了电话。

王甲去针灸，因为要带上轮椅，常打不着出租车，每次都是这位三轮车夫拉他们去。不大一会儿，三轮车夫到了，他们一起把王甲扶上三轮车，王甲头上的血还在流，可他像没事人的样子，很从容淡定，他用微笑来安慰大家别慌，他没事。在医院里缝了几针，简单包扎了一下，经这一番折腾，已是大半夜了。

回到家后，王甲躺在床上，回想跌倒时的情景，自己心里明白发生了什么，却不能动，不能喊，要是母亲不在身边，会怎样？要是没有孙娜和三轮车夫的帮忙，母亲又会怎样？自己现在已不再是原来的自己了，他必须正视这个问题。自己心里苦，可母亲心里的苦是加倍的，他再也不要让她为自己担心了，他在心里自责，他用一首诗来感恩母亲。

妈妈的吻

您是这世上第一个亲吻我的人
从我来到人间的那天
我们的命运就紧紧地相连
一生都不会分离
您把无私的爱全部给了我
并用丰沛的热情抚育我长大成人
我是在用您赐给的生命爱着您
在我青春的季节里报答您的恩情
可是苍天弄人
风华的我却不幸夭折
面对这无情的抉择

是您瘦弱的脸庞让我选择坚强

我可以对不起世界上任何一个人

但唯一不能对不起您

从此我变成了巨大的婴儿

生命在倒转，命运在漂流

我失去了健康，您失去了自由

我在呼吸，您在泪流

痛在我身上，疼却在您的心里

妈妈，我多想结束这一切

让您重新获得快乐和自由

而在不为人知的黑暗里

您的每一次亲吻都让我苏醒

对生命有了新的认知

唤醒我对爱的渴望

妈妈我爱您

和妈妈度过这很是折磨的日子，有时自己会崩溃掉，但为了不让妈妈失望，我强打起精神，把日子过好，尽量地把妈妈做的好吃的都吃进胃里，一下子把我的孤独填满，被爱占据。

远在内蒙古的王爸，在离开的5个月里，没有一天不牵挂着王甲，他睡不好觉，脑子里想的全是儿子，针灸有效果了吗？每隔几天，他都和妻子通个电话。

"嗯，挺好的，没事，你不用着急，慢慢来吧。"王妈总是这样对丈夫说。

"多给他加点营养，这病不能缺了营养，你去买些牛肉，他吃了好有劲儿。"王爸叮嘱妻子。

听说内蒙古风大，王妈嘱咐他去买瓶抹脸的油。

"你也得多注意点，别累倒了，现在大甲都指着你。"王爸又嘱咐妻子。

王爸在内蒙古一个沙场工作到12月末，因为天气冷结冰就停工了，他返回了北京。

回到家，他迫不及待地敲门，家里没人，他知道他们去针灸了。他就站在二楼的窗户边等。一会儿，他们回来了。他往下一瞅，看见妻子正用轮椅推着王甲往回走。"咦！完了。"看到儿子坐在轮椅上，他的心顿时凉透了，眼泪不由自主地落下来。"怎么坐上轮椅了呢？走的时候还好好的，还能骑自行车，还去送自己，才过了5个月，怎么就不能走了呢？"

王爸边想边三步并作两步下了楼，一家三口又见面了。王妈瞅瞅丈夫，好像又老了几岁，白头发更多了，王爸瞅瞅妻子，她瘦削的脸更憔悴了，再看看王甲，王甲冲他一笑。这一笑，王爸的心里说不出什么滋味。他走过去拍了一下王甲，王甲没说话，他示意父母进屋，自己要在外面坐一会儿。王爸没走，盯着儿子看，心想，怎么一下瘦了这么多？

他不提病的事，跟儿子随意聊东聊西，说北京的天气，说内蒙古的大风，他推着王甲在楼下转了一圈又一圈。想起儿子这几个月来的变化，王爸心里一阵阵发冷，是透骨钻心的那种冷，他不由得打了个寒战。他再瞅瞅儿子，儿子表情淡定，却不怎么和他说话。这时，他突然想起医生说最多还有3年时间，他不敢再往下想。

第二天，王爸去送王甲针灸。他发现医生脸色大变，原来下雨天他都会打电话催着去，现在却冷着脸，不再搭理他们了。王爸知道针灸失败了，钱也白花了。当他听人说针灸会加速这种病的恶化时，后悔不迭，可他还是抑制不住要去相信民间的治疗方法。这段时间，王爸和王妈只要听说哪里能治，就跑去打听，到处抓药，不知花了多少冤枉钱。

有人告诉王爸干细胞移植手术对"渐冻人症"可能会有疗效，这是一种比较科学的疗法。王爸去医院咨询，医生说干细胞植入人体后，可以修复损伤的神经细胞，防止神经细胞进一步损伤，有可能延缓该病的恶化，对"渐冻人症"有一定帮助。这无疑是个好消息，王爸看到了一线希望。他跑了几家医院，好不容易排上号，可是听了医生的一席话立即傻了眼。医生说："这个手术一个疗程要6万多，要连续做才有效果，做个一次两次的没用，白花钱。做这个手术，要有经济条件才行。"王爸悻悻地回来了，家里根本拿不出这么多钱，他不得不暂时放下手术治疗的打算，等以后筹足了钱再考虑。

在心灵地震里浴火重生

汶川地震给他带来一场心灵上的震撼,他流泪了,他从捉襟见肘的钱袋里拿出200元钱。他拿起毛笔写字,他打开电脑创作公益海报,他将所得的3000元报酬全部捐给灾区。他暂且忘记了病痛,用自己的方式加入到力挺"中国人的脊梁"的队伍中。

2008年5月12日,汶川发生了里氏8.0级强地震,这天的14点28分,天摇地动,十多万鲜活的生命,瞬间被埋在废墟里。电视、网络、报纸,全天播放和报道着这场震惊世界的人类大灾难。震灾的画面,揪着每一个中国人的心,中国陷入了巨大的悲痛之中。王甲坐在电脑旁,每天收看新闻联播,当他看到孩子找不到母亲,在无助地哭泣;父亲捶胸顿足嘶喊儿子的名字;房屋倒塌,数万人失踪,塌坍的瓦砾堆旁,血雨冷风中,是一具具没有呼吸的生命……这残酷的画面,让王甲泪流不止。

他在博客中写道:

可以这样说,我们都是幸存者,罹难者和我们一样,在同一个时刻、同一个午后享受着静谧的温暖,只不过是这偶然性的地点让他们远离了我们。我们这些幸存者除了眼泪之外,还要紧握双手,同呼吸、共命运,重建家园。

王甲的心受到巨大的冲击，作为幸存者，他恨不得也能赶到现场，和军人还有众多志愿者一起参与救援，可他现在连自己都不能照顾，只能守在电脑旁，心痛，流泪。

地震发生后，全国各地的团体和个人纷纷捐款捐物，救灾场面不断在滚动播放。消防员连续几夜不睡觉，从废墟中抱出婴儿。余震不断，一个军人跪在坍塌的房子前，大喊："让我再救一个。"这些场面，一次次震撼着王甲。

"妈，咱也到居委会捐200元钱吧。"王甲向母亲提议。

"好，我这就去。"王妈立即答应了，这几天她也在看电视，也为这场灾难揪心流泪。

王甲被中国人捐款的举动感动着，"国家"这个词，以前在他心中只是个概念，今天，他深切感受到了国家在自己心目中的分量，它是百姓坚强的后盾，是屹立不倒的雄狮，是依靠，是奔赴一线抗灾的"橄榄绿"。祖国在他眼里变得清晰起来，他从心里感觉到祖国的强大，他因祖国的坚强而自豪。灾难考验着国家的力量，同时也考验着每一个人。王甲在救灾现场血与情的画面里，思考着，震撼着。

以前自己求学工作，为个人理想而奋斗，从未想到今天，当灾难来临，全国人民互相救助，共渡难关是这样的重要，携手共同面对受难者，对所有中国人来说，会产生巨大的力量和希望。

王甲拿起毛笔，他情不自禁地写下了"中国人的脊梁"几个字，他要把地震以来真实的内心感受写出来。这篇文章,他用了许多"大词",比如华夏文明、祖国、伟大、民族、战胜等。以前他不喜欢用大词,但现在他一点都不觉得它们空洞,这些"大词",在这场灾难里有血有肉,可感可触,与他笔下流淌出来的真情实感完全吻合,这是他的心声。也只有这些"大词",才能诠释在这次灾难面前中国人的表现。"中国人的脊梁是屹立不倒的,中国人的脊梁是不可战胜的,中国人的脊梁是经得起风雨的。"他用一连串的排比句,为重创下的祖国加油,为正遭受生命劫难的同胞们加油。这篇文章,是王甲用手在书写他的心,虽然手指已没有力气,但他的心声是有力的。在这个人人需要力量和勇气的特殊时期,他要把这种力量传达出去,感染自己,也影响他人。

"我要为灾区设计海报。"王甲想用自己的专长为灾区做点什么。

想起四川,他就想起大熊猫,这里是"国宝"繁衍生息的地方,这里有竹林,有自然保护区,有大熊猫们的家园,它们本来生活得平静悠然,可如今这场突如其来的地震,把人类的家园毁了,大熊猫也失去了它们的"家园",它会不会也在哭?人类也会为它哭吗?"地震不仅仅是人类的灾难,也是整个生灵的一次劫难。熊猫看见家园被摧毁,看见朋友们离去,它也一定会流下眼泪的。"

王甲以大熊猫为设计元素,"泪"为亮点,制作了一幅汶川地震海报,凝重的黑白色,是一只大熊猫的巨幅头像,一双凝视远方的眼睛,正在流淌着悲伤的眼泪。画面传达出在自然灾害面前,地球上的所有生灵共同悲伤这一主题。

王甲制作完这幅画报,脑海里又立即浮现出另一幅海报的构图。他想,家园没了,同胞瞬间失去了亲人,失去了健康。但一切可以重建,只要精神不倒,灵魂还在,就有希望。王甲这幅海报的设计方案是这样构思的:我们是坚强的中国人,我们的民族是永不言败的。亿万个中国人挺起了脊梁,亿万个中国人的灵魂组成了国魂,在太阳的照耀下,我们没有理由不站起来。重建家园,东方雄狮已经苏醒,他向世人昭示着重生和豪迈的复兴宣言。

在这幅海报中,王甲以雄狮为设计元素,把中国的形象以雄狮的形象来呈现。画面中,雄狮伫立在废墟中,背景是火一样的红,这是五星红旗的颜色,也是地震中遇难同胞鲜血的颜色。在这片红中,正冉冉升起一轮红日,照耀着废墟中的雄狮。画面中不倒的雄狮,寓示着大灾难面前,中国人没有倒下,中国魂还在。而升起的太阳,寓示着中国重建家园的强大力量,这幅海报悲痛中含着一股希望的力量。王甲想以此告诉大家,我们除了眼泪,还有全国人民紧握的双手,同呼吸共命运,众志成城,这幅海报给深陷悲痛中的灾民以力量和希望。王甲在这幅海报上,用毛笔写下苍凉而遒劲的"国魂"两字,雄狮旁边,他又挥笔题上了"任凭你地动山摇也压不垮中国人的脊梁"一行字。这时,他的手已无力了,他费尽全力写下这一行字,累得大汗淋漓,虽然字体没以前潇洒、漂亮,但依然能看出字的风骨。

王甲把心中的悲痛化作力量和勇气，他在这两幅作品里倾注了真挚的情感，用这两幅震撼人心的海报，来表达对汶川地震遇难同胞的哀悼，对"中国力量"的信心。

他没有想到，贴在博客里的这两幅公益海报，很快被《现代商业银行》杂志发现了，杂志通过博客联系上了王甲，决定采用这两幅公益广告，想要寄给他3000元设计稿酬。

得知这一消息后，王甲非常兴奋，他没有想到，患病后设计出的作品还能得到认同，自己还有价值。他望着母亲咧开嘴笑了，母亲也望着他笑了。

开心过后，王甲心中又有了一个决定：把这笔稿酬寄给灾区。这个念头一冒出来，他又为难了，不知怎么向父母开口，他们能同意吗？他知道，这段时间从叔叔舅舅们那里借的几万元钱已经花光了，同事们捐的钱也所剩无几，自己失去了工作没有收入，父亲为照顾自己现在没法出去打工了。"渐冻人症"没有被纳入医疗保障体系，全家每个月仅靠母亲1000多元的养老金，还有自己的600多元残疾人补贴度日，为了省下更多的钱看病，每天一家人的菜钱压缩到了10元。这3000元钱，对他们来说，不是一笔小数目。

可此时，捐出这笔钱的愿望特别强烈，他最终还是忍不住说出了自己的想法。王甲努力地抬起头，望着母亲，从喉咙里费劲地发出了呢喃声："捐了吧，把钱捐给灾区。"

王妈听清了他说的话，望着儿子点了点头。

王爸什么话也没说，转过身就去找电话，他把儿子的这个决定告诉了杂志社。

看着父母这样支持自己，王甲非常感动，他知道，父母很善良，他们一直乐于助人，他们也在用行动表达对儿子的爱，尽管他们特别需要这笔钱，但是，此时此刻，他们想的不是自己，而是尊重儿子。

也就是这次行为，让王甲体会到了自我价值，这种久违了的感觉，又回来了。

一个月后，王甲又在博客里贴上一幅纪念5·12地震的作品，并在上面写上这样的字：

> 30天过去了，有过太多的感动和泪水，有过太多的爱心和真情。让我们记住这个日子吧，共和国人民的难日，也是我们中华民族雄起的日子，真正的君子是以修德为第一己任的，真正的强者是以牺牲自己来换取美好的，真正的富强之国，是一个国家的人民有伟大的凝聚力和信仰的国度。我们众志成城，永不可摧！！！

他用三个感叹号来抒写此刻中华民族强健、不屈的精神，他的心灵在这次灾难面前受到了强烈的震动，也得到了升华。

地震后的中国人慢慢度过了最煎熬的日子，而王甲一家人煎熬的日子却仍在继续。

7月里,一首忧伤而倔强的诗

急剧而下的病情,笼罩着黑色的7月,他的情绪滑入了最深的低谷。他想结束肉体和精神上的痛苦,可又不甘心,对亲人的眷恋,让他在无数次挣扎中,流露出生的渴望。

王爸从内蒙古回家后,看到王甲的病情,就再也没法出去打工了。没了他的收入,家里的经济更紧张,每天他去菜市场买菜,都得精打细算,斤斤计较,不敢超支。一家人在经济和疾病的双重压力下,日子过得越来越艰难。

曾抱着一线希望每天去针灸的王甲,如今坐在了轮椅上。他那么享受在篮球场上的奔跑,享受挥洒汗水的激情碰撞;他也喜欢在夏日的午后,走在绿树掩映的街心公园,看阳光穿过树叶洒下的点点光斑;他喜欢骑着自行车穿梭在北京的大街小巷寻找灵感,他也喜欢坐在电脑旁舞弄他心爱的设计。现在这一切都与他无缘了,他看不到自己的未来。这是生病以来最难挨的时日,坐在轮椅上的他写下了一首忧伤的诗:

柒月止殇

那一片遥远的碧波

留在船头上的合照

和我飞翔的心儿

一同埋葬在十年前的柒月

那一抹洁白的月光
映在操场上的影子
和我孤独的心儿
一同镌刻在了七年前的柒月

那一列奔驰的火车
骋在田野中的马儿
与我澎湃的心儿
一同消逝在三年前的柒月

孙娜空闲时依然过来，忙完手中的活，她问王爸："叔，家里地方这么小，你回来了睡哪儿啊？"

王爸指了指地上，说："我打地铺，凑合着吧，没办法。"

细心的孙娜发现王甲的父母不吃早饭。"这不行啊，早餐一定要吃的。"

"没事，早晨不吃也习惯了。"王爸说。

其实，夫妻俩自从王甲患病以来就再也没买过衣服，王爸更是每天到菜市场买便宜菜，两人每天只吃白菜、咸菜度日。

"早餐很重要，胃空了一宿，如果不吃早餐，要再空一上午，会得胃病的。"孙娜劝他们重视早餐。

可后来她发现，他们不是不想吃，而是为了省钱。现在谁家还从饭里省钱呢，这让孙娜心里很不好受。

第二天，孙娜很早起床，跑到早餐店里买了两份早餐，又跑到王甲家里，放下后赶紧去上班。

"你说这小姑娘，怎么这么好，咱也没什么给人家的，心里真过意不去。"王妈对王爸说。

"她每次来，我都不知说什么，你让她不要来送了，年轻人睡得晚，早晨还得赶着上班，一大早跑来，你说这小姑娘，她已经帮咱不少忙了。"说起孙娜这段时间对家里的帮助，王爸非常感动。

他找出一个笔记本对妻子说："从今天起，咱写日记吧，把孙娜给咱买的东西记清楚了，等哪天王甲病好了，咱有能力了，好好答谢人家。"

从此，王爸开始把每天发生的事记录在这本笔记本上，孙娜成了出现在这本笔记本上的第一个好心人。

7月2日，孙娜又送来了早餐；孙娜为王甲送来了一套运动衣；孙娜买了肉和鱼；孙娜给王甲买了双鞋……王爸在日记里，一点一滴详细记录着孙娜对他们的帮助，小到一次早餐，和王甲聊天，大到买衣服，买营养品。王爸怕哪天忘记了，他必须记下来。那段时间孙娜每个月领了工资就过来，都背着王妈把1000元钱压在电脑键盘下。

王甲开始在家练习气功，练习功能性的动作，一段时间下来，感觉身体好像真的灵活了不少,身体的稳定,让他惊喜,他仿佛又看到了一线希望。

小哥发来在欧洲旅游的照片,王甲一张张翻着,也仿佛身临其境跟着去旅游了,他称赞小哥的摄影技术大有长进,有几张图像油画一样美,他真想画一幅油画送给小哥,小哥一定会很惊喜的,想到这里,他笑了。

他在网上跟堂姐聊天,晒表姐的结婚照,祝福马上要结婚的表哥。他把大姐的小宝宝朵朵的照片放在自己的博客里,这个长得像洋娃娃一样的小外甥,惹他喜爱,他对这个小宝宝格外有感情。王甲沉浸在亲情的温暖里,寻找一份俗世生活里的快乐。他在努力抛弃使自己产生负面情绪的东西,试图让自己变得快乐。有烟火味道的生活真好,这种幸福那么踏实,触手可得。他被亲情包围着,祝福着,他要努力好好活着,让亲人不再担心。

可是,病魔仅仅是歇了一下脚,又开始疯狂进攻了。王甲的病忽然再次加重,打字的速度又慢了,十个手指,除了右手的中指还有力,其他的都变得软弱无力。记得生病以前写篇稿子,键盘噼啪作响,想敲什么字眨眼工夫就跳出来,一气呵成,现在,手指如蜗牛爬行。

周末,洪旭来看王甲,两人都是设计师,有共同爱好,很能玩在一起。王甲生病后,他经常来探望。以前,王甲弹琴、唱歌、吹口琴样样行,现在他只能听洪旭弹琴、唱歌了。

"王甲,你认为这个世界上最值得你珍藏的东西是什么?"洪旭突

"当下。"王甲说。

他在电脑上敲下要说的话。

"当下是我最留恋的,疾病带走了我太多东西,我已经丧失了生活能力,我身边的东西越来越少,亲人是我珍藏的,当下我看见的、感受到的,都是我要珍藏的,每个周末我还可以和你聊天,听你弹琴和唱歌,一起吹口琴,我很珍惜。

"还有那个单纯痴情的女孩,她说愿意嫁给我,愿意为我生个孩子。可我不能害她。"

王甲想起了那个曾经被他感动的女孩,他想讨伐命运对他的不公,又不知找谁去论理。

说起珍藏,王甲有许多值得他珍藏的人和事。"当我得知不能结婚生子时,那痛远大于疾病对我的折磨。我真想用一个健全的自己去守护那个值得我一生相守的人。"

天气又凉了。秋天提醒着人们季节在转换,这是收获的季节,然而,空空如囊的王甲,他生命的9月却正在下着雨。生理疾病、巨大的现实落差、未知的前景,就像一堆虫子爬满全身,咬噬、蠕动。这段时间,他的诗也是阴雨绵绵,而在这冷雨里,依然隐隐能感受到他倔强的心。

九月雨

我嗅到了从前

那个从琴房传来的声音

和那个温柔的脸庞

雨水

冰凉了大地

也打湿了我炽热的心

遥远的温柔

那么熟悉又那么陌生

我虽冷冻

但我的心还在挣扎

我一次次跌倒

一次次站起来

我被上帝无情地冰封

像是等待谁的吻来将我融化

雨水的敲打开始急促

我知道寒冷要更加冰凉

我试图

粉碎一切

那鄙视和同情的眼神

就这样了吗

我不甘心

肉身也禁锢不了我的灵魂

我要冲破冰封

用我那颗炽热的心

时间啊

不要将我带走

坠落的感觉实在很爽

那种被死神盯上的感觉

我在梦里无数次地与你战斗

在我呼吸就要停止时

我的心

奋力勃起

将我挽回到现在

我不能这样走

给我个理由让我接受

  手已经不灵活了,这对我来说是个很大的打击。我十分敬仰霍金,也想有个那样的轮椅,可以把我想说的通过电脑合成告诉大家,可以把我要创作的图画展现出来。

  妈妈说我现在和刚出生时一样,只不过是个一米八的巨婴罢了。轮回，一切重新开始。妈妈，我不孝，不要难过。

王甲已经在床上躺了一个月了，他感觉时间是静止的，因为每一天的生活都一样，眼下的一切都是重复的。他足够勇敢的心也无法阻挡疾病的侵蚀，他开始向往天堂，向往脱离肉身的束缚，这样状态下的他仿佛离神更近了，眼前没有了烦恼，更不会忧伤。

开头总是那么简单，结束却显得那么难，正如我的生命。我知道我已经失去了肉体，即将成为一个植物人。这么久以来，朋友们都担心我是否还活着，其实我很想和大家分享生活，可是我最近无法动了，打字只能用最有力的中指费力地敲。朋友们，我离你们越来越远，就像一支支蜡烛渐渐熄灭所有的光亮，熄灭后唯有这个脸庞还会继续留在你们的心里。

王甲把他最喜欢的沙滩泳照传到了博客上："这是去年这个季节去北戴河，那时我还健康，短短365天过去，我却已要和你说再见。"

他又把大学时的宿舍照片传了上去："这是大学时的宿舍，以优异成绩完成学业的我，认为梦想可以改变命运，如今，只能通过它来怀念我的学习岁月，和那些不知疲倦创作的时光。"

他还把和小哥的合影传了上去："这是我和亲爱的小哥去怀柔玩，那时我们都血气方刚，我还留着长发，依然健硕。如今，我很想念他，希望我可以活到他从英国回来的那天。"

我从来没有想到自己会以这样的方式离开这个我热爱的世界，或许朋友们用天妒英才之类的话来安慰我所遭遇的苦难。如果，我没有生病，我想我一定已奋斗出一些成绩来了，本来需要我改变命运的家庭如今却变得支离破碎。而我必须承受一切，没有办法，因为我无法逃避。在这个月圆之夜，我只好祈求月亮，请给我一个短暂的圆满吧！

请不要责怪我，因为我已经在做超越自己的事情。当我看见瘦弱的母亲每天为了照顾我所付出的超乎常人的体力和心力时，我多想站起来帮帮她，多想自己能洗脸，洗澡，从床上坐起来，可以很快好起来。她3岁没了母亲，在中年又要面临丧子之痛。而我，是她和爸爸的唯一骨肉。爸爸年过半百，为了我和妈妈的生活起居，还要风餐露宿，披星戴月地挣钱，原来一个好好的家庭就这样沦陷了。我也从一个刚大学毕业的青年变成了政府的累赘。我为母亲鸣不公。

还有，我曾经爱过的人和那些爱过我的人，你们好吗？我要离开你们了，我的爸爸妈妈，我的小哥，我的舅舅舅妈，我的大爷大妈，我的姑姑姑父，我的外婆，我的姐姐，我的朋友们，远远，洪旭，Nancy，亚桐，牛奔，飞哥飞嫂，刘老师，岳哥，尚莹，还有很多不一一说了，以及在我生病期间给我鼓励的博友们。还有曾经去医院看过我的朋友和客户们，还有为我捐款的单位领导和同事们，所有默默关心我的人们，我会记住你们的爱，记住曾经一路走来你们对我的陪伴。

如果我真的走了，就看这些照片吧，我会想你们的，希望这不是我最后的一篇文章。

此时，外面刮起狂风，老天是否听见了我的呐喊呢？

王甲在博客里像是与大家告别，虽说肉体的痛苦已将他折磨得筋疲力尽，可当他挥手时，却发现很不舍，人世间的许多东西令他留恋。

"如果人生最大的痛苦是下十八层地狱，那么渐冻人就活在第十九层地狱。"台湾一位治疗渐冻人的神经内科医师曾这样感叹。王甲像被冰雪冻住一样，身体一部分、一部分变得萎缩和无力，而这一切是在他思维异常敏锐、神志特别清醒的情况下发生的，他清晰地逼视着自己逐渐走向衰竭。

2008年的9月，一个黑色的月份，王甲的生命进程步入了深渊期。他想倾诉，想告诉爱他的人，想结束肉体和精神上的痛苦，可他又不甘心，他对亲人的深深眷恋和对生的渴望，让他难以割舍。经过一番内心的较量，最后，他写下了这样的句子："我只要还活着，就要努力，只要还在呼吸，父母就不会孤单，不会伤痛，不会绝望。"黑色的9月，诞生的文字是他真实的内心体验，是他极致痛苦中的挣扎，是他重生前的自我救赎。

> 有一段日子，我甚至觉得连天空的颜色都是灰蒙蒙的，不想抬头去看，更不想见任何人，只想变成一只蚕蛹把自己包裹起来。不过，在我封闭自己、沮丧抱怨的时候，日子不还是一点一滴地溜走了吗？我的生命还在继续，难道我就要一直这样消沉下去吗？

即便是在如此的心境下，王甲还设计了一幅祝福北京奥运会的海报，以鸟巢、和平鸽为元素的图画下面写着："祝福北京"。

我在最艰难的时刻遇见
最美的你；
你是爱，
你是慈悲，

你是驻进我冰冷
身体的那团火焰。
我在聆听这个世界

每个角落发出的声音，
感受温暖带给我的勇气。

第三章
"暖流"融化下的破冰之旅

我存在这个我喜爱的世界,
我以我的方式感恩社会;
我一直没有放弃,
一直在努力,
有尊严一直活着。
我试着用我的勇敢筑一座希望之城,
告诉自己,
像一个男人那样去战斗。

"莲姐，由于身体的原因，今天设计了两个方案，明后天估计还可以设计一两个，打字费劲。就粗略说下设计说明：第一个，封面用特种纸印刷，更显韵味独特，干净利落，超凡脱俗，有历史感，所谓返璞归真，道是自然；第二个，春风化雨，万物萌发，封面用了高雅的橄榄绿，字的工艺是印金，构图简单，一叶孤舟，静谧，创刊寄语，缓缓叙来。敬听反馈，弟，大甲。"

"大甲，我们对方案很满意，决定采用，把地址给我，给你报酬。"

"希望可以帮到你，在我生命即将终结之时，我把它献给我热爱的设计和文学，我是幸福的，不要说谢，千万。"

这小孩才多大年纪啊，怎么生个病就说这种话呢？看到留言，"清净之莲"很是吃惊。

王甲和《天天》杂志编辑"清净之莲"在邮箱里互相留言。他们是博友，彼此欣赏对方的文字，在博客里互相拜访。民间刊物《天天》杂志创刊，王甲为杂志设计封面。

"大甲，给我你的电话。"认识这么久，他们从没通过电话。

"喂，是莲姐吗？"电话通了，"我是王甲的爸爸，大甲不能说话，我帮你们传达。"电话那端传来王爸的声音。

"什么！大甲不能说话！""清净之莲"震惊了。她和王甲的交流，一直在网上用文字，她不知道王甲不能说话。

"这个病影响到了脖颈和咽喉，他说不清话了，现在也只有一根手指能动。"听到王爸的话，"清净之莲"的心忽地提到嗓子眼，这太意想不到了。

"他能听到吗？请你把电话给他。""清净之莲"想要听王甲讲话。

王爸把电话递给儿子，王甲第一次听到"清净之莲"的声音，"大甲，姐要去看看你！"

"太好了，莲姐，我很想见到你。"王甲嘴里发出呜噜呜噜的声音，他非常激动。

"不知道你喜欢什么样的礼物？""清净之莲"努力想了想，突然想到年初看大海的情景，忙说，"姐姐给你带去一瓶海水和海滩上的细沙。姐姐帮你把大海搬回家，好吗？"

王甲的嘴里发出兴奋的应答声。泪水从"清净之莲"的腮边滑落下来。

第二天，她乘上由大连飞往北京的飞机。

一升海水一捧沙里的"爱"

这是网络里的一次相遇,在博客里,他被"清净之莲"优美的文字吸引,她被他出众的才华折服,两个艺术感觉相通的人,心有灵犀。当得知他随时有可能被生命抛弃时,她震惊了。第二天,她带上一瓶海水、一瓶细沙,乘上了飞往北京的航班,她要亲自去寻找答案:他的病真的是不治之症?

时间回到2007年,王甲在搜狐博客里发现了"清净之莲"的文字,这个网名首先吸引了他,叫这个名字的人,心一定柔软若水。果然,浏览博客之后,"清净之莲"的文字一下打动了王甲。他发现这个博主写的文字,很对自己的阅读口味,博主喜欢摄影,而且摄影水平了得,对美有不俗的鉴赏力,她所发的博文图文并茂,有诗情画意的浪漫唯美,也有对梦想的执着追求;文字里有奋进拼搏,也有思考感悟;有情绪上的纠结无奈,也有空灵超脱。博主有血有肉的人生故事,真实而丰富,感性而柔软,感动了许多网友,每天点击量众多,王甲也加入到粉丝团队中,欣赏着她的佳作。他请求加"清净之莲"为好友。

收到消息,"清净之莲"一看是个男孩子,而且年龄还挺小,就没在意。

随后,她发现王甲常来看她的博客,并留下评论,他的文笔很出色,也有思想,她开始注意到这个网友。

有一天空闲,她打开了王甲的博客,一篇一篇往前翻,一个为梦想奋斗、热爱艺术和生活、情感细腻、文思如泉的男孩形象跃然纸上。她读着他的文字,被他丰富的心灵所感染。突然,她发现他是个病人,"啊呀,这个小孩年纪轻轻怎么是个病人呀!"王甲在博客中提到了自己的病,但没有细说。"清净之莲"深感意外,这么乐观向上的年轻人,又如此有才华,她觉得两人虽然年龄有差距,但共同的爱好、相似的经历,使彼此特别能读懂对方,心灵相惜。她开始关注他,发现他设计的作品主题感特别强,总能在某一点上抓住读者。

"大甲,你的《柒月止殇》这首诗,调子太灰暗了。""清净之莲"给王甲留言。

"莲姐,现在我就是这心情。"王甲回道。

"我身体也不太好,困难总有过去的那天,别灰心。""清净之莲"希望他振作起来。

"莲姐,谢谢你的好意,我就这样了。现在感觉自己也没什么才华了,真是没用。"王甲的词气里流露出消沉,"清净之莲"激励了他一番,也没能奏效。

这段时间,"清净之莲"的美文隔天就会上传博客,网友每天等候着阅读她的新东西,她的粉丝越来越多。北京青年作家张爽非常看好她的文采,恰好他在筹划出一本民间文学刊物《天天》杂志,正在物色合适的编辑,就找到她,邀请她参与编辑《天天》杂志:"这个刊物,内容要有格调，无论是文风质朴，还是高雅，都经纯粹。你来做网络主持吧，负责从网络上寻找好作品，小说和诗文要有纯文学品质，依你的水平，我相信你能做好。"

张爽是《天天》杂志的主编，听到他对杂志的定位，"清净之莲"一口答应了。创刊号正在筹备中，主编每天和她沟通杂志的整体策划、内容安排、封面设计等。那天主编发来几个封面设计方案，"清净之莲"都否决了，她突然想起王甲，就向主编推荐了他。

"大甲，我现在参与主持《天天》杂志，我把一些图片发给你，你帮我们设计个封面，只告诉我设计理念就成，待会儿我把资料发到你邮箱。""清净之莲"希望王甲能完成好这个设计，对《天天》杂志有所帮助的同时，对他自己也是一件好事，说不定会燃起他对生活的希望。

大甲回复说："莲姐，给我几天时间，我构思一下。"

几天过去了，王甲那边没动静，"清净之莲"不忍心去打扰他，就对主编说："我这位网友是个病人，可能身体不方便，要不咱别等了，采纳别人的吧。"就这样，封面确定用别人的稿。

第二天，"清净之莲"的信箱里出现了王甲发来的方案，还附着封信。她打开一看，太喜欢了，这就是她想要的风格。可是怎么办？已经采纳别人的了。王甲的信，字里行间流露出对人世间的眷恋之情，她的心情久久不能平静，她要想办法说服主编更换设计稿。

"王甲设计的这个封面，太有感觉了，他的设计很贴合《天天》杂志的理想和追求，虽说咱不好意思把原来的设计稿子退了，但是我真的很想采用王甲的设计。""清净之莲"和主编说了王甲是个病人，这个设计师很有才华，她想让他振作起来。

"我想让他今后投入到自己喜欢的设计中，让他知道自己是最棒的，咱杂志发行的范围广，就给他一个展示才华的平台，我想让更多的人知道这个生病的设计师，我坚信他能做到最好。"

主编被说服了，他看了王甲的设计稿后，也是两眼一亮，感觉非常棒："好，就采用王甲的设计！"

"清净之莲"赶紧把这一消息通知了王甲。

可当她看到王甲的回复时，一下子惊呆了，就出现了本章开头的那一幕。

"清净之莲"决定立即动身去北京，去看看他，帮助他，她希望他的病没那么严重。

晚上，她和爱人说这事："我明天要去北京见一个网友，飞机票已经订好了。"

"见网友？"她爱人愣了一下，他知道妻子有很多粉丝，可她从没说过去见网友。

"他是位出色的平面设计师，喜欢文学、摄影、书法、绘画、体育，很有才华，他得了一种病，据他自己讲生命快结束了。""清净之莲"向爱人介绍王甲，"我们是博友，在网上聊了差不多一年了。""清净之莲"

将自己和王甲相识、交流,以及王甲给《天天》杂志设计封面的事,说给爱人听。

"他好像真的不行了,今天我们通话来着。""清净之莲"说到这里,眼睛就有些湿润了。

"其实,咱们身边的残疾孩子,患重病的人很多,我也很同情,可我跟王甲是有交流的,有心灵沟通的,所以就有亲人的感觉,我很揪心,很难过,如果不去看望并帮帮他,我会遗憾的。""清净之莲"边说边打开王甲的博客,她要让爱人知道她与王甲交往的来龙去脉。

"去吧,孩子我来照顾,你路上小心。"听了他们的故事,她爱人也很感动,支持她去。

"清净之莲"来到海边,将两个矿泉水瓶打开,把水倒出来,再装上一瓶海水,一瓶沙子。她要带给王甲,让王甲嗅一嗅大海的气息。想起王甲在博客里晒他去看海的图片,晒他当时的激动心情,她心里一阵难过:"这辈子他再难去亲近大海了吗?但愿不会。"

融化渐冻的心

当"清净之莲"听协和医院的医生告诉她,王甲得的是世界三大绝症之一时,她哭了。"清净之莲"回到大连写了一篇

《融化渐冻的心》，感动了无数网友。全国各地网友纷纷给王甲捐款，给他留言，一股爱的暖流涌向了北京，融化了他的心。

第二天清晨 5 点，"清净之莲"抵达了北京。有个叫小惠的网友去接的站，她一下飞机，就和小惠匆匆忙忙向王甲家赶去。

走进大甲租住的只有一室的简陋的"家"，"清净之莲"发现屋里没什么东西，最显眼的是一台苹果电脑，机身细腻如瓷，这也是他家里唯一的奢侈品。这是支撑他设计生涯的重要物件，是延伸他思维最好的伙伴，是他和外界沟通的渠道。电脑旁边有株绿萝，只有少许枝叶，但翠绿蓬勃，这是精致的水养植物，水盆里有一条小鱼，正自由自在地游着。他曾说自己是"贫穷的富翁"，这方寸之间，这台他心爱的电脑，在输出他的"财富"吗？

她一眼看到坐在轮椅上的王甲，正在朝自己笑。"清净之莲"走过去，拿出一瓶海水和一瓶细沙："大甲，礼物带来了。喜欢吗？"

"都说海水是咸的，是真的吗？"王妈凑过去，她想让儿子尝尝海水的味道。

王甲用尽全身的力气，抬起几乎僵硬的手指轻触瓶子里的海水，放在舌尖上，笑着点头，示意是咸的。随后，他又用手指犁开撒在盒子上的细沙，用中指划了一下，又一下，细沙从指缝间缓缓滑落……他在感觉大海，此时他的心是不是又回了到大海的怀抱呢？他默默地看着瓶中的海水和细沙,眼睛半天没有离开。

"清净之莲"一下哭了。进门看见王甲时她就想流泪,用力忍住了,而这一刻,她再也控制不住了。他多么年轻,多么爱生活,怎么能患上这样的病?这个弟弟太让她心疼了。"清净之莲"从王爸和王妈那里了解到王甲从小就独立、懂事,对奶奶很有孝心。他有梦想,一直为了梦想而努力,很心疼父母。生病以来,他们能感觉到他的歉疚。

"其实,我们累点没什么,只要大甲还在,我们就满足了。"王妈对"清净之莲"说。

"有时候,给儿子洗脚的时候,心想还能洗几回呢?就想多抱一会儿,多抚摸一会儿,真想一直给儿子洗下去。"王爸说,"无助的感觉,天天有,害怕,怕失去儿子。"

"清净之莲"跑到洗手间里去了,她待了好长时间才出来。

"叔,我这就跟一个朋友联系,他是协和医院的专家。""清净之莲"红着眼睛掏出手机。

"协和医院,去过了。"王爸说。

"不行,还得去检查,明天我陪你们一起去,找我那位朋友。""清净之莲"要亲耳听听医生怎么说,她抱着一线希望,想听到医生说王甲的病是误诊。

第二天,他们带着王甲和他之前的病例,打车来到协和医院。王甲又做了肌电图检查,专家对"清净之莲"说:"从各种检测数据上看,就是'渐冻人症'。"

"清净之莲"问医生："这病真的不能治愈？"

"这是一种运动神经元病，又叫'肌萎缩侧索硬化症'，英文简称ALS，与艾滋病、癌症并列三大绝症。运动神经元主宰人体肌肉动作，当运动神经元出现病变时，肌肉便会慢慢地萎缩、死亡，进而侵犯呼吸系统，产生四肢麻痹，以及吞咽和呼吸困难的现象。在世界的其他地方，这病被称为运动神经元病。用俗话来说，就是支配身体运动机能的神经坏死。目前没有好办法治愈。"医生向她解释这种病，"这种病由于患病率低，社会对该病的了解少，也不能确定病因，只有5%～10%的病例可能与遗传及基因缺陷有关，大部分致病原因不明。"

"清净之莲"听着听着又哭了，她跑到窗口，任眼泪稀里哗啦地流，她太难受了。

"叔，没办法了，专家说的。""清净之莲"过后对王爸说。

王爸的后背又湿了，衣服里边是热气腾腾的汗水，脸上渗出了汗珠。王甲拍了拍父亲："好了，不要这样，我自己都放下了。"王爸看了一眼王甲，儿子内心太强大了，这事搁谁身上能受得了啊！

一大早出去，等他们回到家时已是下午3点多了。"清净之莲"对王甲说："我去市场买菜，今晚姐要展现一下厨艺。"

一会儿，"清净之莲"买回了菜，她亲自下厨，给王甲做了一顿丰盛的晚餐。

"姐晚上的飞机，票已经买好了。"王甲摇头，"清净之莲"扭过脸哭了，"姐家里事还挺多的，下次抽空再来看你。你的设计千万别扔了，要坚持创作啊，你设计的东西真的很棒。"她对王甲说。

一听莲姐真的要走，王甲嘴里发出"呜噜呜噜"的挽留声，他急了。他那么喜欢莲姐的文字和她的为人，现在见到了真人，心里说不出的激动，他不知道还有没有机会再见面，他想让莲姐多待一会儿。

"叔，你给我个联系方式。""清净之莲"对王爸说。

"不是有大甲的电话吗？"王爸不解。

"你给我个地址。""清净之莲"又说。

"你要地址干什么用？"

"我给你邮点海鲜之类的。"

"不用，不用，你别再破费了。"王爸连忙摆手。她这一趟来，已经花费不少，王甲一家人已非常过意不去。王甲这两天特别高兴，看到了他仰慕已久的莲姐，对他来说已经很满足了。

"你就给我吧，你不给，我一会儿到门卫那儿也能要来。""清净之莲"说得很坚决。

王甲在"清净之莲"走后，沉浸在与莲姐相见的美好感觉中，她的人真像她的文字，给人以温暖和力量，王甲消沉的心突然得到了温润的抚慰。"我必须坚强地活下去，哪怕遇到再大的困难，也不能辜负莲姐的期望，我要设计出更出色的作品，要让莲姐看到我很勇敢，活得很有价值。"王甲心里波浪翻涌，久久不能平静。

他梳理了一下思绪，在博客里写下了一篇唯美的文字，把自己比喻成来自深海里的一块石头，有一天他被风化了，出现裂缝，逐渐失去光彩，并远离了海，最后他这样写道：

> 美丽是一种不期而遇的相逢，天空湛蓝，一片云，雁过，飘下花瓣雨，月影下，一个叫净莲的女子拾起了我，吹去了我身上的尘土，看见素纹，想起曾经的绚烂，她把我放进梅园，那里花香弥漫，我听到悦耳风铃，看见紫色丁香……她独自上路，去那遥远海边，回来时，和我说着面朝大海，春暖花开，带来了一升海水一捧沙，她说，一定要帮我带回大海。
>
> 风吹云走，昭然若揭。于是大家听见莲儿的呼唤，互相传递这块风干的石头，直达大海。石头留下泪水，落在沙里，变成颗颗钻石。

"清净之莲"走后第三天，王甲家里的电话突然多了起来，到家里来的人也多了。北京的网友柳红、叶丹阳、金姐，以及崇文门教堂的义工，陆续登门看望王甲，来了好几拨。还有汇款单，一张，两张……每天都有。咦？王爸很纳闷，一看汇款人地址，都不认识，上海、北京、大连、香港、广州，哪儿的人都有。

他给"清净之莲"打去电话，她一听就明白是自己在博客里的呼吁有回应了，心里别提有多高兴，她双手合十，从心里感谢信任她的网友们。她对王爸说,是她把地址和王甲的账号放在自己博客里的,这是网友对王甲的支持和帮助,让他们尽管收下。

原来,她回大连后,写了一篇题目为《融化渐冻的心》的稿子,刊登在《天天》杂志上。文中通过她的北京之行,介绍了大甲的遭遇。她在文中说:

> 大甲的病情现在日渐加重,在呼吸困难时还要借助呼吸机,只有右手食指还可以动,但他热爱他的设计,也热爱着美好的生活,渐冻的身体没有让他的思维停滞,他徜徉在自己设计的领域里,把每一份心情都融入了作品中,把每一抹心绪都融入了热爱的文字中。"渐冻人"虽然是世界疑难病症,却没有纳入医保范围,大甲刚工作就病了,一年多的治疗已让他们无力承担以后的治疗费用,在偌大的一个北京城,治病加生存难上加难,但还不能离开北京,总是在等治疗的新信息。电视剧《旗袍》制片人杨静也是一个惜才的人,帮助大甲寻到一位医生,能得到合理有效的治疗,而不是任病情发展。如果病情能得到控制,让大甲还能呼吸,还能被细雨轻淋,被微风吹拂,我相信大甲也是知足的。

最后,"清净之莲"深情地写道:

> 我知道,我只能帮大甲采撷一朵浪花,我也知道,他心中

是多么想拥有整片海洋啊!

  这样一个淡泊宁静的大男孩，震颤着虚拟世界和现实世界里人们的心灵。即使现在处在人生的最低谷，他依然笑对人生，不抱怨命运，尊重生命，坚持着他的善良，他的爱心，他的孝心，他是我们每一个人都值得学习的榜样，他让我理解了生命的真正意义。生命是一种回声，人人给予他一份温暖，一丝关爱，那么在时空隧道里延伸出去的回声就永远不会消失。每人一升海水一捧沙，我相信也能汇成浩瀚的海洋，我希望大甲坚强地走下去，为了他眷恋的世界，也为了爱他的亲人和许许多多的朋友们，大甲弟，加油！！

  "清净之莲"将饱含真情撰写的这篇震撼人心的文章，传到自己的博客里，在网络上掀了巨浪。搜狐把它在首页上隆重推出来，每天点击量过万，网友纷纷跟帖留言：

心情 flying 说：
这样一个阳光灿烂的大男孩儿怎么得了这样的绝症？真心愿我们的温暖能够融化他渐冻的身体，祝福大甲，祝福他的生命能够一直绽放下去。

幽幽梦影说：
莲儿，我的一个远方亲戚患有此病，吃饭要喂，说话含糊，全身无力，瘫痪，唯有健全的是大脑，他至今有5年的病情，偶尔还上网看股市行情，因为没有特效药，他的毅力全部来自亲情的温暖。告诉大甲，有你莲儿的一颗柔软心，我心也系。大甲，精神的支柱是无量的，幽幽为你祈祷祝福，你也是我心中的弟弟呀。

一片云说：

莲儿，我已经按你给的地址尽了我的一点微薄之力，虽然不多，但我也相信每一滴水积累起来可以汇聚成海洋。愿大甲早日康复！谢谢莲儿带给我的一切！爱心永恒！

潇雨依荷说：

在这寂静的深夜，我深切地感知到那么多那么多颗祈祷的心灵，我真切地聆听着那么美那么美的祝福心愿，愿这颗颗爱心汇成的暖流能融入大甲的每一个细胞，愿这爱心的温度能温暖、融化这颗渐冻的心！相信每一个真诚善良的心灵都能赐予大甲力量，相信大甲会用坚强的男儿本色赢得他无敌的青春！
祝福无限，心意无限！

虹 lisa 说：

今天才知道了大甲的故事，并去他的博客留言了。我想，如果有可能，我一定会去看望他，给他一些力所能及的帮助。希望大甲能够早日战胜病魔，以他的坚强和我们大家的爱心，一定会创造奇迹。

蓝色虚存说：

啊，真是太不可思议了！听我的同事说，她朋友的孩子王甲得了病。王甲好熟悉的名字，原来是高中的偶像啊，我是他高中上届的，知道他的字非常漂亮，人也很帅，我便在网上搜索了一下，原来真是这个人。
愿一切都好，相信你一定能战胜病魔，有这么多人的支持与关爱。加油！！！

——一个你不认识我却知道你的人

    我的同事：佟雅荣
    代表佟姐祝你一切都好。

林荫园说：

在雨梦那里看到博文，为爱而感动。旺盛的年华有一身朝气，大甲却得如此狂疾，真是天煞英才，为大甲而惋惜，为您的真诚而感动，世界需要爱，需要千千万万个您这样勇于付出爱心的人。生命是短暂的，而爱是永恒的，我们大家都需要伸出援手，帮帮他，帮帮大甲！！！

敏 er 说：
爱，永恒的主题！被莲、虹、丹阳的真情所感动！被大甲的坚强乐观所感动！我们这些活着平安又健康的人还有什么不知足！

竹语清风说：
今天注定是一个爱满天下的日子，在关爱大甲的队列中，又增加了一个人，一个讷于言而敏于行的我。刚才收到了大甲母亲的短信，我也虔诚地祝福了她老人家。其实第一眼，看您的这篇文章，我的心就已经被您的大爱融化，已经被大甲的坚强折服。我想，当一场爱的流星雨划过我们眼际的时候，我也是其中的一点亮，多好！

过客说：
一个男人只有经过炼狱般的折磨，才更得其成色，像保尔一样，百炼成钢。王甲承受的痛苦让我们看到生命与疾病顽强抗争的限度。你让我们相信，无论命运多么不济，与之抗争不只是一种激励，更有为之践行的可能。

　　网友充满爱和文采斐然的留言，让"清净之莲"为之动容。她认真读着这篇博文后的每一条留言，眼中含泪，网友对她的信任，让她倍感温暖。从北京回返的途中，心里曾有过的压力一扫而光。她曾经担心帮不了王甲，她觉得自己一个人的力量太有限，没想到，一篇文章引起这么大的关注，爱心如潮水一样涌了过来。她在与网友的互动中说："你们深深地感动了我，虽然相识不久，但这有分量的爱心足以感动大甲的亲人，谢谢你，我的朋友，抱一抱！我会永远记在心里，从网络到现实，我们永远是朋友！"

越来越多的博友通过"清净之莲"的博客认识了王甲，进入王甲的博客留言，鼓励他积极治疗。山东大学的张彩老师看到这篇博文后，被王甲的事迹感动，在第一时间给王甲汇款。来自福建、香港、台湾的博友用各种方式支持着"清净之莲"的爱心行动，汇款不断地从全国各地向北京汇聚，有许多没留下姓名，甚至没有在博文后留脚印的网友，也悄悄地给王甲汇了钱。

王爸给"清净之莲"打去电话："这半个多月几乎每天都有汇款，截至今天已汇来3万多了，说什么好呢？太感动了，我们没法报答这些好心人，请你转告他们，别再寄钱了。"朴实的王爸不知所措。

"我左右不了别人，大甲也确实感动到他们，这么好的弟弟，谁也不忍心看他受难，都想让他活下去。这钱虽说不一定能治好他的病，可网友希望让大甲知道大家都在爱他，给他温暖，这么多人在关注他，他要坚强地活下去。""清净之莲"感到很欣慰，她想要的就是这些，帮大甲走出心灵困境。一个人的力量有限，但如果每个人都献出一点爱心，汇集在一起的力量足以让一颗冰冻的心融化。

通州，张宇吃完晚饭在家里上网，他是王甲的初中同学，正在随意浏览着网页的他，突然被同学QQ群里班长发来的一个链接打断，"这是'清净之莲'的博客地址，你看看这是不是咱初中同学王甲？"

张宇打开一看，照片上的人就是王甲。再细看博文内容，他一下子惊呆了！王甲得病了，而且是绝症！太突然，也太意外了。这个消息迅速在群里发布出去，同学们得知消息，都很难接受，他们都记得王甲上初中时的样子，在操场上又跑又跳，他是篮球健将，强壮而有活力，大家都不愿相信这是真的，扼腕叹息的同时也被王甲的精神感动了。张宇把这消息跟爱人说了，他爱人也是王甲的校友，两人对老同学的遭遇深感震惊。已是晚上10点了，他要联系王甲，他要亲自核实一下。他联系上了王甲的父亲，从他口中得知消息是真的，王甲患上了"渐冻人症"。回想起上学时和王甲朝夕相处的一幕幕，张宇坐不住了，他和爱人商量，从积蓄中拿出2万元帮帮这位老乡。"王甲现在治疗需要钱，咱少花一点，得帮他渡过难关。"爱人一口答应了，本想第二天就去看王甲，可他们所在的单位很偏僻，交通不方便，就先把2万块钱给王甲打了过去。

几天之后，张宇和爱人一起，专程来看望王甲。老同学相见，没有寒暄，张宇只是用力握着王甲的手，他不知道说什么好。同学分别这么多年，大家各奔东西，各自忙碌，很少联络，如果不是王甲生病，他还不能专门抽出时间来见面。张宇鼓励王甲一定坚持下去，王甲用力点了点头。这是王甲最难忘的时刻，经济陷入困境，肉体和精神陷入困境，老同学的出现给予他温暖，这份厚重的情谊，他一生也忘不了。

王爸和王妈在日记本里郑重地记下了这一天。他们不知道儿子是否有一天会重新再站起来，陪这位老同学叙叙旧，陪他在北京的大街上走一走，一起再去看一场球赛，一起结伴回一趟老家，看看他们曾经一起奔跑的操场。

这一个多月的时间里，王甲的生活发生了巨大的变化，有来自全国各地至少上百名博友前来探望他。王妈在日记本上记满了每一个爱心人士的探访经过。其中一篇这样写道：

> 大甲生病虽然不幸，但是上帝让他遇见了虹妈一家、金阿姨、小忆姐等这么多善良的好心人，我们的心里每天都充满着感激和感动！我们永远都不会忘记这些充满爱心的好人！

王甲的病情牵动着无数相识的和不相识的人，王甲的精神触动着他们的心灵。就这样，王甲寂静世界的大门突然被人打开了，一双双手向他伸过来，一双双眼睛热切地关注着他。这是"清净之莲"和博友们为他开启的重生之门，他不再孤军作战，内心的力量又流动起来。

他说："在我生命遇到困厄的时候，是你们把我唤醒，给了我无穷的力量，我会不离不弃，战斗下去，我铭记。"

他在博客里郑重地写下了这样一句话："一根手指如果找到支点可以撬起地球，一份爱的温暖如果找到港湾可以点燃生命。"此刻，是爱的强大力量，支撑着他继续前行。

　　一个结点也是一个新的起点。虽然疾病使我失去了自由，但我得到的比失去的更多。自从莲姐在网上发表了一篇文章，邀请我成为其刊物的美术编辑，不仅让更多的人走进了我的生活，也在精神上赋予了我力量，让我在迷茫中见到了光明，有了勇气继续前行。从此，当我走在路上，感悟到的是人间四季带给我的每一份温暖和幸福！

大爱让我们走到一起，
从陌路变成家人；
是你赐我这样的天堂，
我从你心里知道世界有多大，
从你眼里看到自己有多坚强。

我心里在承受从未有过的重量，
那是沉甸甸的爱；
这无尽的宇宙时光里，

我的生命那么短促，善美的你给予我的，我苟活一生也无法报答；
我要用最坚强的微笑，在呼吸之间，点亮生命之灯。

第四章
我拿什么给你,我的再生父母

我的生命不全属于我自己,它牵动了太多爱我的人,我能做的,就是为爱祈祷;

我要勇敢地活着,不管多么困难都要好好活下去,假如爱有天意,让奇迹发生,希望这个病能尽快被攻克,希望每个陷入困境的人,得到一种力量,看到一种希望。

我生命的意义,因付出而多彩,因大爱而升华!

"先开开窗,透透气,一会儿丹阳和柳红要来。"王爸边说边打开窗户。早春的空气吹进来,有点凉。

漆着黄漆的小饭桌上,搁着把剪刀,王妈用来剪碎蔬菜和肉,和在面条里,用勺子压,搅拌后一勺勺喂给儿子,王甲咽得很慢。电话响了,王妈去接。

"有个叫许虹的说要来看大甲。"王妈放下电话,又拿起了勺子。

"让她改天吧,咱这屋子,人一多,站都没地方站,咱招待不过来。"王爸说。

王妈去回完电话后对王爸说:"她说没事,已经在路上了。"

喂完儿子,王妈去收拾碗筷。这几天家里人多,都是"清净之莲"的网友。一会儿,叶丹阳和柳红来了,这是她们第二次来看王甲。叶丹阳是北京电视台的编导,2002年查出乳腺癌,她曾用镜头记录了自己手术、化疗及康复的全过程,被称为抗癌勇士。柳红搬来一台电视机,她知道王甲爱看篮球和足球比赛。之后她在近两年的时间里,每月寄来1000元,当作王甲他们的生活费。

十分钟后,许虹来了。

"你好!"许虹说她的博客名叫"静语思虹",大家一听,乐了,原来都认识,都是"清净之莲"博客里的好友。王甲也笑了,原来她就是"静语思虹"啊,王甲和她打招呼。这几天许虹一直在王甲博客里留言,给他加油打气,已交流数日。她一进屋,王甲就有种说不出的感动和如沐春风的感觉。人如其名,她面貌柔和温婉,让人亲近。

"一起照张相,可以吗?"大家聊了一会儿,临走时许虹提议。

"等等,我换件衣服。"王甲说话一个字一个字往外蹦。他望向母亲,示意她快去找。这是一个简易塑料衣柜,有一角耷拉下来。王妈从里边拿出一摞叠得整整齐齐的衣服,问道:

"大甲,你要穿哪件?"

"白西服。"王甲看着那件他最喜欢的衣服。

王妈帮他换,王甲的身体僵硬,虽然还能站着,但使不上劲儿。王妈摆弄半天,还没穿好,别人三下两下穿上的衣服,在他这里就这么费劲,叶丹阳也过去帮忙。

许虹站在一边,看着看着突然流泪了。她背过身去,一阵难过。王甲都这样了,他还这么整洁爱美,他不觉得自己是个病人,这孩子真叫人心疼。

房间太小，四人合影照不成，她们就和王甲单个合影，王甲发自内心地笑着，他今天特别开心。

幸好上帝的安排让我遇见你

她看到了他的故事，她既扼腕痛惜又感动。她叫许虹，2009年3月12日，她走进了王甲西三旗7平方米的这个小房间。他坚定的眼神、清澈的笑容，一下击中她柔软的心，像是冥冥之中上帝的安排，这次相见种下了母子情缘，从此她成了他的亲人。这是世上难觅的善良母亲，她说："任何事情背后都有它的美意。"

2009年3月8日，这是王甲患病的一年零三个月，他说话要靠父母"翻译"别人才懂，他的全身已不能动，头经常无力地垂下，只剩下右手食指还有点力量。每天起床后，母亲把他的手放在鼠标上，将最有力气的右手食指固定在按键上。他每天都坚持在电脑前一坐几个小时，写作和做设计。有时坐久了很累，但他咬牙坚持着，与网友交流的温暖，使他创作的动力更足了。

这几天，他在构思一幅作品，是关于呼吁女性关爱乳房健康的公益海报，他想赶在"三八妇女节"之前完成。

设计这幅海报时他想到了叶丹阳。这段时间，叶丹阳在他博客里留言，并常来家里探望，给他打气。他知道叶丹阳是位癌症患者，他们都被死神眷顾，都在和绝症作斗争。叶丹阳查出乳腺癌时，与其他人不同的是，病一确诊，她就从职业的角度来思考，如何把自己的经历记录下来。她用镜头记录了自己手术、化疗及康复的全过程，制成我国第一部乳腺癌纪录片《珍爱乳房》，以此来警醒女性同胞，关注自己的乳房健康，关爱生命。她创建了中国第一个乳腺癌患者公益网站"丹阳爱乳坊"，她成为乳腺癌患者的代言人，鼓励并帮助患者走出身体和精神的痛苦。王甲被叶丹阳的行为深深打动，她从疾病的痛苦泥泞中拔出腿来，给乳腺癌患者带去正能量。王甲要把这幅海报献给叶丹阳，献给所有美丽的女人。

王甲设计了两幅作品，第一幅作品题为《你如……》，一点胭脂，用水晕开，它是一幅画，一滴水，一弯月，一轮日，一个唇印，一枚卵子，它是你可以任意想象中女性的一切美好。

他在博客里这样写道：

> 前些日子，北京电视台丹阳阿姨和柳红阿姨来看望我，给我以生命的慰藉，给我以爱的鼓舞，我想以我的剩余精力设计海报，赞美女性，歌颂女性，关爱女性，因为女性的爱是包容万物的。大自然把生命孕育和演化的神秘过程安置在女性身体

中,男人当知敬畏。此设计献给母亲、丹阳阿姨、清净之莲、静语思虹、柳红阿姨、小忆姐、花香常漫、雁过、紫色丁香、梅园、朵儿、我班即将成为妈妈的燕和已经成为妈妈的女同学……及天下所有女性。你们都是伟大的,最后用一句名人的话总结:上帝创造了女人,是留给世界最好的礼物。

那一点胭脂红,温馨柔美,这是女性给人特有的暖色,包容、善良、付出,王甲用一根手指,敲动着键盘,把他感受到的来自母亲、清静之莲、许虹和叶丹阳等女性的无私关爱倾注在创作中。王甲端详着自己的作品,他喜欢用这种无声的语言,与他人、与世界交流,他又一次在创作中感受自己能给予社会的一点回报。

北京市海淀区,一处住宅里,许虹和好友正坐在书房里喝茶。荷包花开了,像是一盏盏红灯笼;一盆清香木,翠绿的小叶片散发出淡淡的香味。

"我在'清净之莲'的博客里看到的信,当时特别受触动。这么年轻的生命就要终结了,得的是什么病呀?所以决定去看看他。"许虹回忆着与王甲第一次见面的情景,接着对好友说道,"我看到他的第一眼,他很阳光,笑着看了我一眼,然后羞涩地低下了头。他坐在那儿,眼睛特别明亮。"

"比咱的孩子也大不了几岁。"好友感叹说。

"是啊,从那天见面以后,我放不下了,老惦记着他。"许虹品了一口普洱茶,看着那株粉色的风信子,才几天工夫,叶片里已长出了花苞。家里这些花花草草,她伺弄得生机勃勃的。

好友知道她又动了恻隐之心。她最了解许虹,她待人的那种好,是从骨子里散发出的善意,好像是与生俱来的,那么自然。

"你知道那天合影,他把自己打扮得很干净,穿衣服时特别费事,我心里突然就难过了。"许虹说。

"你这一说,我就能想象出来,你肯定又管不住自己的眼泪了。"好友猜得没错。

"是这孩子把我感动了。"许虹说。

"现在儿子也上大学了,我正好有空闲,我想去帮帮他。"许虹又说。

从这天起,许虹几乎每天都要去看王甲,有时在家里做了好吃的带去。她给王甲喂饭、洗脸,照顾他去厕所,像母亲一样细心体贴。而王甲的病却还在加重,像暴风骤雨一样快速恶化着,王爸和王妈也马不停蹄地四处打听治疗方法,听到哪里有办法,就跑到哪里去。

"有个老乡跟我说,郑州有个中医,看好过这种病。我得赶紧去看看。"王爸说。他性子急,说完就奔去了火车站。这两年,他总是这样,说走就走,也不知跑了多少地方。

许虹和王妈一起帮着王甲穿衣服,他们要去尝试火疗。

王甲坐着轮椅，很多出租车司机不愿拉，出门打车很费事，许虹发现这个情况后，就每天开车送王甲，这样省了来回50多元打车费，她成了王甲的专职司机。

　　去诊所做火疗，一次两个小时，王甲的皮肤已干燥脱皮，这是针灸失败后他尝试的另一种疗法。做火疗时，火在身上走，后背一阵阵刺痛，这个过程很折磨人，好多人做了一次就放弃了，实在受不了。而王甲挺住了，他的硬汉个性忍得住这种疼痛。做脚部火疗时，王甲可以躺在床上了，这时他稍微舒服一些。他望着天花板，想：说不定，哪天就会好起来呢。他这样盼望着。

　　"怎么样？难受吗？"许虹俯下身子问王甲。

　　"好多了，没事。"王甲冲她笑了笑，这段时间许虹阿姨跟着自己受累了，他想说声谢谢，可又觉得分量实在是太轻。

　　那天晚上回家后，他在博客里这样写道：

　　　　一切的苦难都会过去，胜利终会向你招手，一个男人在充满挑战的人生路上，百折不挠，这样的意志超越了胸前的勋章，在它面前所有的荣誉都显得那么苍白。我是个勇士，即使手中的战矛已残，依然选择这片贫瘠的土地，战斗下去，像斯巴达勇士一样，冲破死的囹圄，站在生命之巅。男人要做大海，包容一切，对待疾苦要举重若轻，我被大爱包围，我虽病痛缠身，但谁又能体会到这种幸福呢？我铭记，滴水之恩当涌泉相报。

这天，崇文门教堂义工金颖来看望王甲。她是一家外企的翻译，业余时间在教堂做义工。她与"清净之莲"是博友，在她的博客里看到《融化渐冻的心》这篇文章，和朋友胡波专程来看望王甲。

"你们来了，谢谢！"王甲眼角含笑，嘴里发出含糊不清的招呼声。金颖被王甲明亮的眼睛吸引了，特别有神，像会说话，给人的感觉不像是病人，他身上带着那么一股劲，她能感受得到，是正能量。

回家后金颖说与母亲听，86岁的老母亲听着听着坐不住了，她执意立即动身去看这个女儿口中的病人。自此，这位高龄老人隔三差五就会打电话给王妈，询问王甲的情况，或者做点好吃的，不顾年事已高，亲自给王甲送去。她和女儿一样，对王甲有了牵挂，王甲亲切地称她奶奶。王甲的奶奶已去世多年，他的童年一直是奶奶陪着度过的，和奶奶感情很深，直到现在，他仍时常会想念奶奶。金颖母亲的到来，使他仿佛又看到了奶奶，所以感觉格外亲切。

金颖因为认识了王甲，才知道"渐冻人症"是怎么回事，知道得了这个病给一个家庭带来的痛苦。不论去哪个国家，她都给王甲带回不同风味的巧克力和饼干，还有国外的衣服。那天她在网上遇到了青岛的"渐冻症"患者Sally，她通过邮件给她讲王甲的故事，鼓励她，还专程与母亲一起到青岛看望她。

著名歌唱家郑绪岚阿姨知道王甲的事情后，专程过来送了1万元现金，之后又寄来记忆棉床垫、后靠垫，还邀请王甲参加了她在天津的演唱会。记得一次王甲因做干细胞移植，无法去看她的专场，之后她特意到武警总医院神经干细胞科为他和医护人员现场演唱，弥补了王甲不能去现场的遗憾。她的行为深深感动了大家，获得了大家的一致称赞。

中央电视台一台邀请王甲现场录制节目，王甲特邀了郑绪岚阿姨，她推迟了个人的事情赶到现场，还演唱了大家喜欢的《牧羊曲》。

被爱温暖着的幸福感，让王甲特别开心，这些来自陌生人的关爱，让王甲体会到在疾病面前不是他一个人在抗争，外力是他的加油站，源源不断地给他输入能量。他突然想到中国还有20多万像他一样罹患这种病的人。特别是贫困的家庭、偏远山区的患者，他们更需要帮助。此时，他产生了一个大胆的想法，他要呼吁成立渐冻人基金会，为这个群体做点实事。

2009年7月29日，王甲在博客里写下了他今生最大的心愿：

> 命运赋予每个人的使命是什么，经过4个月颠沛流离的日子，身心都经历着前所未有的考验，不得不放下身边的一切，每天都在面临生死的罹患，人生真的充满了太多太多。
>
> 电影《阿甘正传》里说过：人生就像巧克力，你永远不知道下一口是什么味道。是啊，是苦是甜你都必须承受，死很简单，而活着往往需要更多的勇气，在经过身心地狱烈火的燃烧，你才知道战胜自己才是伟大，才是传奇。
>
> 在我用一个手指艰难地完成这个招贴时，我获得的满足感

是无与伦比的。我明白,我不是为了自己,而是为了这个被人冷落的群体。这是一种设计的语言,一个永不放弃的青年在做的最后努力。

时光在溜走,我们能把握的只有当下。当我们和亲人、朋友执手相望,虽有千言万语,也只能苦苦相守,泪水一直流到心里,当我们浑身奇疼,却只能望着天,任痛苦蔓延,当我们摔倒时,却无力爬起,让血流进心窝。

李连杰是我喜欢的功夫巨星,他所创办的壹基金更是大家所津津乐道的,我希望各位好心人士和网络高手可以帮帮我,让壹基金发现这个帖子,成立中国第一个渐冻人基金会,那些曾经帮助我的好心人也可以进入这个基金会的爱心名录,让它去帮助更多的"渐冻人",让他们得到更多的关爱,减轻痛苦,提高生活质量。

这是我半个月费力写下的心声,朋友们不用担心,我还在咬牙坚持着,只是不能回复你们的留言。相信我,我从来没有放弃过这个世界。

这是我最大的心愿,无论成功还是失败,只要努力过,就没有遗憾,就像我为我的生命付出的一切。

王甲从个人的境遇中跳了出来,将目光投向"渐冻人"这个群体,他要为更多陷入困境的生命谋求支持和帮助。

这个时期,他写下了《像男人一样战斗下去》的激情宣言,他要扛起肩上的责任,鼓起勇气,在绝境中释放自己的能量。这是他置之死地而后生的誓言,他在酝酿着精神力量,期待生命中出现奇迹!

王爸又背回了10大包中草药，他每隔十天要跑一趟郑州，为省下住宿费，他坐晚上8点的火车，这样第二天早晨5点就到郑州了，这一趟药费要花4000多元，抓上药后当天就往回赶。王爸背着药包，仿佛背着儿子的一线希望，3个月里风雨无阻。草药里有一味药特别难吃，很硬，用锤子敲都敲不碎，煎出来后像胶一样粘嘴。王甲每次吃药，糊在嘴里咽不下去，要反复吞咽几次才能咽下一口。而在这个时期，王甲的吞咽开始无力，每次服药，都是件很艰苦的事，而这大碗的苦药，他每天都要按时按量地喝下去。

看着父亲五十多岁的人了，还在为自己奔波吃苦，王甲心里不是滋味。年老的父亲依然像座山，默默扛起家庭重担，在他出现危险时为他遮风挡雨，守护着他，只要有一线希望，就拿出一百倍的努力去延长他的生命。

> 痛，给我一种力量，作用力越大，反作用力就越大，我经历的一切，似乎在我的胸口上割下了无数的伤口，可是顽强的生命力让我不死，并笑对一切。

在与疾病抗争的过程中，王甲似乎越挫越勇，他在博客里这样鼓励着自己。

3月底，王甲的病情失去控制，抬起脑袋变得很费劲儿，吃饭都无法咀嚼。这怎么办？有人跟王爸说，河北正定县有个按摩诊疗中心，用民间偏方治好了许多疑难杂症。他们决定去试试。许虹和朋友一起把王甲送到了正定,她帮王甲一家安顿好住宿后返回北京,每隔十天半个月,她都要过去探望。

她担心王甲着凉,就在当地最好的商店买了厚薄三床被子。

盖着许虹抱来的被子,王甲静坐窗前,望着那轮明月,眼前掠过一个个或熟悉或陌生的面孔,他们无私地给予帮助,这让他的心中充满对生命的感动。诗歌《月牙儿》就这样诞生了,这首诗是从心里流淌出来的,尽管他的疾病让他活得越来越艰难,但他的思维和情感依然活跃,灵感时不时要喷发。这段时间,他创作了《幸福有多远》《为你摘下最美的钻》《特别的爱给特别的你》《沉香树》等唯美浪漫、温暖向上的佳作。

感恩是心灵的财富,善良是浇灌心灵的清泉,是净化心灵的良方。王甲念及亲友的爱,念及社会的帮助,他敏感而细腻的内心,被生命的感动浸润着,这份情感让他振奋,让他刻骨铭心。王甲在爱的包围中,生出一份宁静之中的欢喜心。他说:"感动来自内心,它有颜色,有味道,亦有力量,可以使一个人变得强大起来。"

母亲节这天,王甲特别为许虹设计制作了一张精美贺卡,绿油油的田野上,一双大手捧着一双小手,天空中飘来一片火红的心形叶子。一行"妈妈,幸福有多远"穿过其中。蓝天、白云透出浓浓的爱意。王甲赋上这样的诗:"……是你赐我这样的天堂,……心里承受着从未有过的重量,那是你沉甸甸的爱。……妈妈啊,幸福有多远,……你说着最甜的,走下去,一直走,就是幸福……"

许虹坐在电脑旁,欣赏着王甲为她设计的贺卡,读着他的留言,泪流满面。"妈妈,母亲节快乐!从此我又多了一个港湾,多了一个怀抱。我爱你!我们一起走出风雨,看见彩虹。"

一声"妈妈"触动了许虹,她突然意识到,自己在王甲的生命中是那么重要的一个人。这是怎样厚重的感情,让他叫出"妈妈"。这一刻,她觉得自己又多了一个儿子,他们从最好的朋友、亲人,转变成了母子,她要对得起"妈妈"这个神圣的称谓,尽量做得更好,给王甲更多的爱。可以说,这段时间,她对王甲的爱甚至多于对自己的儿子,但她知道儿子会理解,因为王甲太需要她了。

和王甲相处久了,他每个细微的面部表情,虹妈(许虹)都能领会。她知道王甲活着的每一天都是异常艰难,几乎每天都有憋气现象,王妈和虹妈轮流帮他按摩,以减轻他的痛苦。有一天,他吸痰吸了7个小时,吸得口干舌燥,人像虚脱了一样躺在床上。虹妈看他如此遭罪,很是心疼,又很无奈。而王甲睁开眼睛后的第一个动作,就是望着虹妈笑,用微笑和坚定的眼神告诉她,自己挺好的,让她别担心。每当此时,虹妈就会忍不住流下眼泪。她发现这个微弱呼吸着的生命里,内心的力量太强大,在疾病如此的摧残下竟用这样淡定的笑容来安慰别人。虹妈一次次被王甲感动着,无论是一起做设计时他追求完美,还是受疾病折磨时他一声不哼。她对王甲由痛惜到佩服,她要想尽一切办法帮他。虹妈通过各种渠道打听能治疗这种病的手段和医院,和王甲的父母一起奔波在治疗的路上。

"老妈,最近你在忙什么呢?"虹妈在外地上大学的儿子在电话中问她。

虹妈和他谈起王甲,谈他的病,谈他的坚强,还有他带给自己的感动。儿子在电话那端听得入迷,他非常好奇,是什么样的人让母亲如此付出呢?

那天,虹妈的儿子李天行回北京录音,虹妈说:"咱们一起去看王甲吧。"

"好啊,那我带什么礼物好呢?"李天行问。

"要不然咱们去买辆轮椅吧?他现在是借用别人的旧轮椅。"

"用我的压岁钱吧,算是我送的礼物。"李天行说。

这是虹妈一家三口首次一起来看望王甲,当天晚上他们跑到王府井一家医疗器械商店,挑选了一辆最好的轮椅。

王甲第一次见到天行,特别兴奋,他从虹妈嘴里早就知道,这个弟弟从小喜欢音乐,多才多艺,现在业余时间痴迷音乐创作,已经小有成绩。

虹妈的爱人虹爸(李博良)拍了拍王甲的肩:"你是钢铁青年,天行要向你学习,我们都要向你学习才是。早就听你虹妈说过,我常常想啊，你真坚强，我们健康人都做不到的事你能做到，你是我们的榜样呢。"

听了这番话，王甲心里在想："我会继续像个男人一样战斗下去的，无愧虹爸爸的这番鼓励。"

虹爸看着王甲清澈透明的眼睛，也喜欢上了这个受难的小孩。从此，他对王甲也有了牵挂。

李天行被眼前的王甲震动了，没想到这段时间妈妈天天跑来照顾的哥哥，虽然这样艰难地活着，脸上却挂着这样灿烂的笑容。这一刻，他觉得自己曾遇到的所谓的困难都不值一提。在情感上，他也和父母一样，接受并喜欢上了王甲，他觉得妈妈为这个哥哥的付出都是值得的，他希望有机会也能为这个不认输的哥哥做点什么。

在王甲生日这天，李天行为他创作了一首歌《难说再见》：

不要说再见　不要说分手
你的真情很难让我松开你的手
不要说分离　明天再相聚
真心希望我们的友谊天长地久

和你一起开创新天地
和你一起漫步新世纪
我们共同齐努力　哪怕风和雨

第四章 我拿什么给你，我的再生父母

勇往直前不达目的永远不停息

我们并肩手牵手　相互来鼓励
迎接未来我们创造的奇迹——美丽

听着这首歌，王甲心潮起伏，天行为他写的这歌词，句句唱到心坎上去了，优美的琴声拨动着心弦。是的，许多不舍让他留恋，他害怕再也见不到爸妈，再不能和虹妈贴脸，害怕看不到朋友留言，害怕再也看不到莲姐优美的文字。所以，他要活着，决不让死神把自己带走，他还有许多使命没有完成呢。这首歌让许多面孔浮现在眼前，真的是难说再见。

天行坐在钢琴旁边，又给他弹奏柔美的《初雪》，听着听着，王甲模糊了双眼，他本也是个浪漫的文艺青年，现在仿佛看见了原来的自己。"若时光能倒流，回到那一年，相恋的感觉；若重回那初衷，一切是否会变得不同……"

王甲的生日过得浪漫而温情，虽然他不能说话，可心的交融如此默契，王甲一家和虹妈一家从此成了最亲密的家人。

王爸老家的一个同学，用再朴实不过的话来夸赞虹妈："全中国一个个大好人都让你家摊上了！"每次王爸都会说："任何话都表达不了心里的感受。"

而王甲对虹妈的感情，已成了对亲情的依赖了。虹妈除了对王甲生活上的照顾，精神上两人也能顺畅交流。有时候，王妈猜测不出王甲的眼神是什么意思，而虹妈就能猜个八九不离十。

"虹妈，这一生我是报答不了你的恩情了。"很多时候，王甲会忍不住对虹妈说出他的歉疚。

"大甲，我真的什么也不要，就要你好好活着。"虹妈的眼圈又红了。自从认识王甲以来，她经常这样说着说着就动情了，想控制都控制不住。她被这个特别的生命和不屈的精神感动着。

王甲用文字表达着对虹妈的感恩之情，他默默地写下这样的文字：

> 你成为我生命中重要的人，27年前医生用剪刀把我和母亲分开，27年后我又孕育在你的爱里，我真幸福。你原谅了孩儿的不孝，我什么都不能回报你，我只能给你灿烂的笑脸和坚毅的眼神。我的伤痛我从来不说，可你都看在眼里，并温柔地抚平这些伤口，让我忘记我是个生病的孩子。

和虹妈相识后，王甲总忘不了几个重要的日子：虹妈的生日、3月12日相识纪念日和母亲节。每当这些日子，他总要提前在网上精心选购礼物。2010年母亲节这天，王甲用积攒起来的残疾补贴金，买了一盒彩虹玫瑰花和一部相机。当天一大早，他就托表弟亲自到虹妈家，送上这份礼物。虹妈接过礼物，打开后，看见还附有一封信，她不敢看这封

信,她知道王甲要说什么。等王甲的表弟走后,她才慢慢打开:

亲爱的虹妈妈,今天是母亲节,真诚地祝妈妈节日快乐。这张照片是我健康时,拿着公家的相机在北戴河留下的青春记忆,我的梦想就是带着自己的相机,走遍世界上每个美丽的地方,如今我的这个梦暂时搁浅,只是残留的美好冲动罢了。幸好上帝的安排让我遇见您,我们都有共同的理想和爱好,都喜欢把美好的瞬间留在每一个记忆深处,我送您这台相机,是我们情感的见证,也是您延续儿子的梦想的眼睛。如果有一天,你我不幸走散,您就带着我的眼睛,去看世界,看风景,那也是一种幸福。更希望有一天,我们一起去拍摄风景,把一切的美好留在身边。同时希望妈妈的摄影水平不断精进,快乐开心地享受人生的每一天,和我分享人世的欢乐和悲伤,充实愉悦地做伟大的母亲。母亲节敬上!

一个字一个字读着,千种滋味一齐涌上来,虹妈心里有说不出的感动和难过,她的眼泪扑簌簌地往下掉。她知道王甲用一个手指打出来这封信有多难。其实,她觉得王甲给予自己的更多。记得那一次意外受伤,她的胳膊粉碎性骨折,接骨的时候,为了能好得快些,她没用麻药,生生地进行了接骨手术。在做手术的时候,她心里想的是王甲,她从王甲身上获取坚强的力量,最终忍住了痛。当她打着绷带去看王甲的时候,觉得自己承受的这点痛没什么了不起。

充分信赖，不求回报，一对毫无血缘关系的母子，在无私的付出和真诚的感恩中，彼此传递着力量。没有慈悲心怀的人，没有被一种力量震撼过的人，不足以解读这份人间大爱。

让人失望的是，王甲在正定的治疗久也没见效果，一家人又返回北京。

王爸听说邯郸有个肌肉研究中心，想去看看，但却一直联系不上这家医院。

虹妈辗转打听，终于联系上了这家医疗机构，他们决定去试试。虹妈从未独自驾车行这么远的路，人生地不熟，虹爸很不放心，他托邯郸的朋友帮他们打理好一切，包括接站、安排住宿、联系医生。王甲在邯郸这个陌生的城市，受到虹爸的朋友细致的照顾。在那里治疗了半年时间，王甲的病情依然没有得到控制，这时候，他的头已完全抬不起来了，无奈，他们放弃了治疗，再次回到了北京。

经过这几番折腾，王甲一家的经济条件已无法维持正常生活。虹妈和朋友们一商量，决定替王甲租房子，他们在离虹妈家不远的小区，帮他租下了一处100多平方米的大房子，虹妈和朋友们不仅一起承担房租，还在生活费和医药费上给予全力帮助。

这期间，虹妈的父亲查出癌症住进了医院，虹妈和弟弟轮流去护理。为瞒住王甲，她每天还是坚持去一趟王甲家。就这样，王甲家和医院两边跑，一个月后，虹妈的父亲去世了，她三天没出门，为失去父亲极度伤心。

那天，当她再次来到王甲家时，王甲眼神异样，满含心疼地看着许虹，并在电脑上打出这样一行字："妈妈，我想在你最悲伤的时候陪着你，咱们一起分担。"原来，王甲从父亲偷偷打给虹妈的电话中，意识到虹妈的父亲过世了。他和虹妈一样感到悲痛，他特别想安慰此时此刻的虹妈。

这段时间以来，王甲从虹妈身上学到很多东西，她处事冷静、淡然，与人为善。尤其让他感动的是在正定治疗时，虹妈为了给他过好生日，特意让儿子李天行从南京坐飞机赶到北京，又从北京乘火车赶到正定，就是为给他送上一份祝福。他知道虹妈每次为他过生日，都很用心，生怕再没机会。那天下着雨，弟弟天行拖着行李，匆匆和妈妈见一面就离别的身影，在他脑海里挥之不去了。也就是在那一刻，王甲明白了他在虹妈心里有多么重要，她身上的那种大爱和善美，也在影响着他的世界观。

躺在宽敞明亮的大房子里，王甲的心情难以平复。尽管去邯郸的治疗失败了，但医生尽力相助的一幕幕令他心里溢满温暖。"一定要坚强地活下去，不让爱自己的人失望。"王甲在心里默默为自己加油。

用一根手指与霍金隔空对话

他在肉身的禁锢中,挣扎着伸出一根手指,探索生命的色彩。仿佛匍匐在千仞之上,他在翻越一座座高山时,留下的生命足迹感动了所有人。他的事迹被众多媒体关注,科学家霍金给他回了一封信,他被记者赞为"生活的强者"。

王甲已不能说话了,现在只剩下一根手指能动,难道从此放弃设计吗?本来头脑里的构思、意蕴和意境,就是语言无法精确传达的,在他还能用含混不清的话极力去表达时,洪旭和虹妈勉强领会他的意思,帮他完成一件件作品。现在语言也完全丧失了,做设计几乎成了不可能完成的事,犹如挡在面前的一座高山,他难以逾越。

停下设计没几天,他不甘心,他用霍金来激励自己,一定要挑战这座高山,只要还有呼吸,绝不让自己闲下来。

在虹妈的帮助下,他用眼睛一点点示意鼠标移动到合适的位置,眨眼为"是",不动则是"否"。为了挑选设计的元素,经过千百次的猜测,千百次的磨合,虹妈能领会他的意思了。以前两三个小时就能完成的设计,现在需要倾尽全力花费一周甚至数周才能完成。可每当一件作品问世,王甲的内心就会变得强大一点。一次次的成功,给了他生活的信心。

2009年5月7日,《京华时报》以"全身'渐冻'男孩,单指设计打动网友"为题对王甲进行了专题采访,这是首家报媒记者走近王甲。他们看到了一个风华正茂的年轻人,面对渐冻的身体,仍坚持设计,用一根手指完成了各类书刊封面、广告、标志、宣传海报等设计作品50多幅,他顽强的精神感动了记者。这篇文章刊登后,立即引起了很大的社会反响。

清华大学的师生专门为他设计了一个单指敲字的软件,用一个手指就可打字,给王甲的创作带来了方便。有个论坛以王甲的事迹为题,进行了"80后、90后如何活得更有价值"的大讨论。北京的爱心人士郭春英,专程登门给王甲送来了医疗器械,嘱咐王甲每天用中药浴足。之后几年的时间,她一直免费送来泡脚药,到现在从未间断。她说,是王甲的才气和精神打动了她,她愿意和朋友们一起,为王甲做点事情。邯郸某医院的院长,得知王甲的病后,尽管知道这个病没有治愈的好方法,但还是为他设计了食疗方法,登门给王甲送来他熬制的浓缩油,内用加外贴,免费为王甲提供药物。家里的电话也频频响起,有的询问病情,有的提供偏方。通过王甲,大家开始了解"渐冻人症",并为这种罕见病给患者和家庭带来的苦难而惋惜。

《东亚经贸新闻》以"激情人生"为题用两个版面大篇幅报道了王甲从品学兼优的学子,到事业如日中天时患上绝症,仍靠单指进行创作的事迹。文章最后将王甲想创建渐冻人基金会这个最大的心愿传递了出去,希望全社会的人帮助王甲实现这个愿望,让更多的人关心这个群体，帮助更多的病痛者战胜病魔。

王甲继续在博客里呼吁，他希望有个公益组织能设立这项基金。为此，他花了半个月的时间，在虹妈的帮助下设计了一份公益海报：一块透明的冰块，包裹着"ALS"，一句"冰冻的身躯，炙热的灵魂"向人们发出心中的声音。

王甲用一根手指艰难地完成了这个招贴时，抬起头来，对着虹妈和父母笑了，巨大的满足感在胸中激荡，他特别满意这幅作品。他希望这幅海报能引起"壹基金"对"渐冻人"这个被忽视的群体的关注。虽然"壹基金"不做任何专项的活动，不能成立中国渐冻人基金。但李连杰还是关注到了王甲，并在百忙中送给他亲笔签名的衣服，鼓励他继续为此事努力。中国医师协会也看到了这幅海报，并在2009年12月16日其主办的某援助项目启动发布会上，特别邀请王甲到现场参会。王甲为此活动拟写了一份发言稿，他第一次在公开活动中发出自己的声音：

> 朋友们，当你们品尝美食的时候，你是否知道有一群人只能看着津液流淌不止，等候身边的亲人一口一口地喂下；朋友们，当你和别人沟通开怀大笑的时候，是否知道有一群人有口难开，用眼睛一眨一眨地交流，眼睛里浸满泪花；朋友们，当你们游走在古迹、美景中沉醉时，是否知道有一群人全身僵硬躺在病床上不能翻身，不能表达苦楚，不能抓挠，有时甚至快要不能呼吸……
>
> 正是这样一群人，他们拥有炙热的灵魂，他们拥有不屈

的脊梁,他们拥有聪明的头脑,他们需要你,需要你的爱和关怀。在同一片蓝天下,我们呼吸爱的空气,我们拥有同一个家。朋友们,你听见我们的呼唤了吗?我们拥有同一个名字叫"渐冻人"。

我相信在爱的光芒下,我们会慢慢融化,我相信只要坚持就会获得重生。

中国医师协会某项目办负责人来探望王甲,她与王甲提到海内外几个知名的"渐冻人"的故事,谈起台湾家喻户晓的"生命勇士"陈宏,他在全身瘫痪的情况下,靠妻子的协助,以眨眼的方式写下20多万字,出版了6本书,载入了吉尼斯世界纪录。她希望大陆的"渐冻人"中也能出现一个像霍金、陈宏这样具有影响的人。这个人要足够坚强,有社会责任心,能够突破个人情感所限,站到公众面前,为国内处于弱势的"渐冻人"群体发声,让健康的人懂得珍惜生命。她希望王甲就是这个人。

"这个病确实改变了你的人生轨迹,但也许你在这条路上所做的事会比在原来那条路上更有影响力、更具意义。也许你们是被上天选中的人,被选中来替我们承担痛苦,承担更重的使命。"负责人这样鼓励着王甲。

王甲听得认真,这些话与他一直以来的想法不谋而合。他曾经写过:"你不得不承认在你被死神选中时,平时你对未来的种种期望和计划只能告一段落,人生像一张白纸需要你去重新书写。"负责人的鼓励更坚定了他以前的想法，命运既然把自己推到了边缘，他就要重新调整好步伐，做自己能做到的，做自己应该做的，实现自己的价值。当晚，他在博客中写道："我知道我的使命，我试着完成它。"

此后，只要一有机会王甲就会积极参加各项活动，或者设计出一幅幅公益海报，希望用这样的方式唤起大众对"渐冻人"群体的关注。他在博客里写道：

> 我从来没设想过生病后的生活，自从莲姐把我的事迹流转于爱的网络，我的生命开始了翻天覆地的变化，我从黑暗中浮出了水面，从默默前行到肩负大任，从深陷苦难到开启一扇新的门。现在我勇敢地站在公众面前，是为了让更多的人了解我这样的病人，和20多万个这样的家庭，甚至更多陷入困境的群体。让我们勇敢面对，让我们感受大家的温暖。

越来越多的媒体开始关注这个绝症缠身却一直散发着正能量的年轻人。《新华每日电讯》记者王京雪也走进了王甲的家，她看到了靠坐在轮椅上、两腿屈着、身上搭着餐巾、一次性口罩吊在下巴下的王甲，这时的王甲因吞咽功能差而不停流口水，她无法想象博客里那些流畅的文字，以及构图纯美、意蕴深刻而充满灵性的设计出自这样一个人。采访王甲后，她完成了一篇《"渐冻人"王甲：一根手指拥抱世界》的人物专访。她在文中感叹："没人知道，命运为何选择一个如此热爱生活的青年来遭受这样的痛楚。"许多面对面采访王甲的记者，因心中的震撼，甚至一时之间不知问什么好。

许多坐在电视机前的观众也被王甲的故事震撼，杭州几位爱心人士观看节目后，立即联系北京的慈善机构，通过他们为王甲送去了爱心捐款，以此表达心意，鼓励他继续努力。

2010年3月，乍暖还寒，本是万物复苏的季节，我国南方却遭遇了百年不遇的旱灾，龟裂的田野，枯死的草木，一片片枯萎的庄稼，农民眼巴巴祈雨的眼神，深深触动着王甲。

"虹妈，我要设计海报，为云南祈福。"他把想法告诉了虹妈。

"好，我帮你。"虹妈最懂王甲，她知道他又坐不住了。

虹妈把王甲最有力气的右手食指固定在按键上，现在王甲这根手指活动也不那么自如了，只能从左向右地移动，虹妈看他缓慢地由外向内移动手臂，在屏幕键盘上点出第一个字母，却无力再把手臂撤回来，虹妈要猜他想打哪个字，看他眼神上下左右地移动，帮他确定鼠标的位置，帮他找需要的素材，根据他的构思，剪裁后着色。

经过一周的努力，王甲终于完成了两幅公益海报《祈舞》和《母亲的眼泪》。《祈舞》以干旱的大地和蓝天作为背景，一位翩然舞动的少女，身着红衣，用身体语言，向苍天祈求甘霖，期盼天降喜雨滋润干涸的土地。《母亲的眼泪》则是狂风卷起滚滚黄沙，横扫干裂的土地，母亲焦急的泪水滴滴落入开裂的大地上，化为甘露，细嫩的枝芽从地里长了出来。这些画面给读者带来强烈的情感冲击，警示人们节约用水，呼唤大家关注云南旱灾。

2010年4月，我国又遭遇了一场天灾——青海玉树发生强烈地震，两年前汶川震灾的伤痛似乎还未离去，中国又遭劫难。王甲怀着沉重的心情，在虹妈和朋友洪旭的帮助下，花了一周的时间又创作了三幅以玉树地震为主题的海报。他用"画笔"为灾区人民祈福，鼓舞中国人战胜震灾。

第一幅设计，他以《希望》作为主题，用寓意深刻的画面，温情而唯美的意境，给灾难冲击下的灾民以力量，鼓励他们重建家园。枯萎的大树作为主体，代表地震中的玉树，一位女子双臂高高托举起这棵大树，大树的枯枝间有橘色光晕，几片绿叶散发出微弱的生机，寓意着"希望"是一种坚持，一种信念和力量。哪怕树已枯萎，但只要有一片绿意，就有重生的可能，绿叶代表不倒的信念，哪怕天空阴云密布，希望的力量终会驱散阴霾，迎来光明。

《守护》这幅海报画的是一位肌肉结实的男子，单膝着地，用背驮起星球，星球上有一棵华盖葱郁的大树。绿色代表生机，守护生命是人类共同的责任。海报召唤人们加入到守护生命的队伍中来，人人献出一份爱，玉树就不会倒下。

王甲在《为了生命》里表达的主题是对生命的赞美，他用母亲手捧婴儿作为主体，背后以乌云和阳光为背景，厄运与希望并存，寓意孩子是人类未来的希望，我们用双手捧起婴儿，为他筑起安全的城墙，拨开乌云，为新的生命带来阳光。

王甲设计的这些海报，呈现出顽强的生命力量和温暖的氛围，给人带来强烈的视觉冲击和心灵的抚慰，他把自己生病以来对生命的思考化作设计语言，融入到创作中，表达对生命的尊重。他要告诉所有人，爱和希望的力量是可以战胜一切黑暗，重见光明的。

王甲的设计稿在网上被众多网友转载，香港明星莫少聪发现了这幅海报，他正准备去青海玉树看望灾民，就联系上了洪旭，希望王甲能为他的玉树之行设计一个主题LOGO。得到消息，王甲非常高兴，能有这个机会和爱心人士一起为玉树同胞尽一份力，他感到莫大的欣慰，再苦再累他也愿意。

当莫少聪看到王甲设计的LOGO时，非常满意，他决定赶制出1000张海报带到玉树去。当他听说王甲的事情后，提出想把王甲的照片印制在海报上，希望灾难中的玉树同胞知道海报的设计人，以王甲对待疾病不屈不挠的精神鼓舞灾民，尽快走出伤痛。

时间紧迫，王甲为了把海报赶制出来，通宵熬夜。在洪旭的帮助下，王甲把几个海报又做了细节处理，再把设计好的LOGO放进去，海报的画面更加完美，显得恢宏大气。王甲又在海报左下角写上："他用设计完成心中的梦想，他用意志与死亡作抗争，他用一根手指拥抱世界。"他用这段话告诉同胞他的不幸遭遇、他超越苦难的勇气,以及他对生命的挚爱。

5月5日这一天,莫少聪手捧一大束百合花,亲自登门。他坐在王甲身边,看着这几幅凝聚着王甲心血和祈愿的海报,握起他的手:"大甲,继续坚持,相信你能创造奇迹!"莫少聪感叹王甲与疾病抗争的勇气。

王甲不能开口说话,可他心里激动不已,他使劲用微笑的表情,告诉莫少聪他此刻的心情。

"我一定还会来看你,期望今后能和你一起为'渐冻人'做些事。"莫少聪说完,拿出他历经7年拍摄的实况录像带,以及这次爱心活动的签名T恤和一万元钱,交到王甲父母手中。

2010年5月的一天,《法制晚报》的几位记者来采访王甲,当谈到患病以来,是什么力量支撑着他走到今天时,王爸说:"他一直以霍金为榜样,他有个梦想,希望有一天和霍金对话。"

霍金,21岁就患上肌萎缩侧索硬化症,医生断定只能活两年,却禁锢在轮椅上达51年之久,他的魅力不仅在于以惊世骇俗的想象力,解开宇宙之谜,成为世界杰出的科学大师,而且拥有令人折服的生命力量。记者提出让王甲写一封信给霍金。在大家的鼓励下,王甲决定这么做。他花了三天的时间,在妈妈和虹妈的帮助下,用一根手指,一点点敲出了一直以来想对霍金说的话。王甲还设计了一个唯美的信封。信封左侧是一朵洁白的茉莉花、一只红色的鹅毛笔,信封右侧是霍金微笑的面孔和一个墨水瓶。

亲爱的霍金爷爷：

您好！

悠悠岁月中，我们好像被时光咬去漂亮尾巴的斗鱼，失去了原来的美丽，本来没有缘由给您写信，只有默默的敬仰和祝福。但是相同的命运和经历，让我鼓起勇气拿起沉重的鼠标，亦步亦趋地写下这铿锵有力的文字，用一句中国的古语，"同是天涯沦落人，相逢何必曾相识"。

您创造了物理宇宙科学，被誉为继爱因斯坦后最伟大的科学家，被英国授予21世纪最伟大的人物。您为人类所做出的贡献，是人类文明发展史上光辉灿烂的一笔，将被世人永远称颂。我相信您一定是承受了常人无法承受的痛苦，克服了太多的阻力，才取得今天的成就。这一点我感同身受，我是来自中国的一个"渐冻人"，今年27岁，如今全身只有一根手指能轻微地移动，我是在妈妈的帮助下，艰难地用眼神告诉她来挪动鼠标，以水滴石穿的精神来完成这封信的。

我没有您那么伟大，只是一个自得其乐的平面设计师，我用如火的青春坚持创作了许多感人的作品，鼓舞了许多病友和许许多多善良的人们。是您的精神一直鼓励我，永不放弃，完成梦想。还记得我曾经在自己的博客里写过，要勇敢地成为像您那样有价值的人，这是我未来的目标。虽然我们从属不同领域的学科，但是我们都自强不息，同样活得精彩，发出耀眼的光热，为自己，也为更多的生命点亮希望。如果说除了天堂、地狱、人间三个世界的话，那么您和我就是被上帝选中的人，活在第四个世界里，在通往天堂之前，是爱把我们拉回人间，让我们幸福快乐，远离城市的喧嚣，放下名和利的纷扰，好好活着，珍惜感恩，开心充实。正如我的弟弟天行的歌词里的一句话：我在你心里，你是我的心跳，真心的爱让我们活得真实，活得伟大。

在平凡的世界里，我是一个与命运抗争的舞者，而您就像一个睿智祥和的伟人，指引我朝着更高更远的目标前进。您在我心里，就是我的方向，希望有一天我们彼此坐在轮椅上相望，在彼此的眼睛里，一定会读到对方的勇敢和辛酸，我在您的眼里能看到英国人的渊博和严谨，而您在我的眼里能看到东方人的浪漫和坚强，相信在爱里，我们慢慢地生出美丽的身体，融化渐冻的心。

祝您身体健康，活力无限！

此致

敬礼！

王甲

2010年5月19日于北京

《法制晚报》的记者取走这封信，她说："我们会尽快帮你联系上霍金。"随后，记者通过越洋电话联系上了霍金的助手朱蒂斯。次日，朱蒂斯向记者表示，正在度假的霍金听她读了王甲的来信后很感动，将立即给他回信。

得到消息,王甲非常兴奋,他没想到大科学家霍金能在百忙中给他回复。一周后,王甲真的如愿收到了霍金的来信。

王甲先生:

我给您的建议是将您的目光放到残疾不可阻挡的事业之上,并且坚定地将它做下去,不要因为病痛的束缚而感到颓唐沮丧。身残而志坚,这正是我送给您的忠告。

苦难的经历也许意味着事业的成功。世界上有很多您能做到的事情,并且您也可以做得很好。留得青山在,不怕没柴烧。只要有生命,就会有希望。

对于我来说,我自身的残疾并没有阻挡我成为一个阅历丰富、精神充实的人,并且,身患重病的我还拥有了三个可爱的孩子。

对我而言,我的家庭是我人生不可或缺的一部分。

祝您幸福!

斯蒂芬·威廉·霍金

王甲的朋友当时将信读了三遍,王甲仍然听不够。霍金的来信,对他来说字字珠玑,每一句话他都牢牢记在心里。曾几何时,在学校图书室里,他捧读霍金的《时间简史》,赞叹他在身体残缺的局限里,把精力投向浩瀚的太空,以惊人的才思探索未知,成就不朽的传奇人生。霍金是他的偶像，他勇敢顽强的人格力量深深折服了他。钦佩霍金的同时，他也惋惜禁锢在轮椅上的这个伟大生命。没想到今天，自己和心目中的偶像可以隔空对话，他们心境相通，身体之痛感同身受。霍金的来信，给王甲带来巨大的鼓舞，特别是霍金的忠告，也是他现在最想做的事。

当年晚上，王甲把收到霍金的回信，在博客上与博友分享，他难抑激动的心情。

2010年6月21日，第一届北京ALS国际学术研讨会暨"渐冻人"项目管理委员会成立大会在北京召开，王甲应邀参加了这次会议。

王甲为这次会议设计了一幅海报，他把"冰"与"火"两种元素融合在了一起，晶莹剔透的冰块上面燃着火焰，火在燃烧，冰在融化，冰谷最终成为一抹珊瑚色。他想用这种设计语言，来表达"渐冻人"群体的期盼，希望大家用爱的火焰融化"渐冻人"内心的冰封；愿冰上的火光，给深受病痛围困的群体一束希望。王甲最爱这幅《冰的火》的海报，在灵魂深处那些文字难以名状的欢喜和哀伤，完全呈现在画面里，这也是他的内心独白，在他冰冻般的体内，潜藏着对生活火一般炽热的爱。

这幅海报在网友中引起广大反响，网友"初"给王甲留下评语。她说：

盛放在冰岩上的火焰，是我们看不见却能感受到的美丽，它穿透了无数冰层，点亮幽暗的冰谷。多么好看的瑰丽颜色，这是一种神奇的力量。大甲,加油。

一位名叫"自然快乐"的网友,在留言中对王甲说:

  感动你的坚强,你让我正视疾病,不再恐惧。因我老公的母亲过世于这种病,从确诊那天起我就生活在恐惧中,担心老公和儿子是否会重蹈覆辙。今天,是你让我正视恐惧,其实没有什么可怕,可怕的是不愿正确地面对,祝福你,坚强总会战胜苦难。你是好样的。

面对网友的评价,王甲在接受采访时说:"对于'渐冻人'来说,肉身只是摆设,其内在的灵魂是否丰富和强大,决定了一个人的生活质量,主要是修一颗清静之心,是在于灵魂的建设。我设计的这幅画就象征着人可以超脱肉身的束缚,而获得灵魂的自由。"

正如他写下的文字:

  身虽静止,但心若苍茫,旷阔无边。仿佛洞达了一切,我在默默地聆听这世界各个角落发出的声音,达到不以物喜、不以己悲的境界。

王甲已经走出了自身的精神困境,寻找到了能够实现自我价值的新目标。

生命不因困厄而屈服

他在与疾病继续斗争,他把点滴努力记录下来。病友看到他的文章后激动不已,他的精神不仅感召着"渐冻人"群体,还有更多健康的人。他在点亮自己的同时,也悄然感化和温暖着他人。

王倩是崇文门教堂的一个义工,她利用业余时间参加公益活动,与团队姐妹做临终关怀。她身体也有病,从小就有手发颤的毛病,一个人在北京打拼,时常有悲观情绪,抱怨命运不公。那天她找到金颖的母亲倾诉不幸。

"走,我带你去见一个人。"老奶奶带着王倩来到王甲家。

王甲正在吃饭,这时他的咀嚼已基本无力了,要吞咽下一口饭,需要好长时间才能完成。王妈端着饭,用小汤匙送进去,饭多半又顺着王甲的口水流出来。

见王倩和奶奶进来了,王妈忙给王甲擦了擦嘴边的口水,王甲用力笑了笑,眨了眨眼睛,向他们打招呼。

王倩是第一次见到"渐冻人症"患者,看到王甲如此境况还能笑容满面,她异常震惊。小屋子里贴满了王甲生病前青春洋溢的照片和漂亮的书法,桌子上摆着他的各种荣誉证书,还有生病以后设计的作品。王倩睁大眼睛打量着,她知道老奶奶带她来的用意了。

王甲吃完饭后坐在电脑旁，用一个微微能动的手指，在王妈的帮助下，开始做设计。

回来的路上，老奶奶对王倩说："你今后遇到困难，就想想王甲。你能跳能跑能说话，有什么事不能克服，如果换成王甲，他就幸福死了。"

王倩笑着点了点头。是啊，想想王甲，自己生活的那点压力，包括身上的疾病，都不是事。她终于从低迷情绪中走了出来，她要以王甲做榜样。

在"渐冻人"群体中，有一位学历最高的患者，他就是36岁的化学博士后张斌。他在英国读书时，曾在牛津大学听过一场霍金的讲座。霍金偏着头戴着呼吸机，依赖语音合成器与听众"交流"的画面，至今令他记忆犹新。没有想到，发生在霍金身上的神经元疾病，也降临在自己身上。"为什么是我？"当时他崩溃了。他一个人出入医院，不想让家人和朋友过多知道他的病情，对于媒体的采访，也不想用真名示人，他担心未来的自己，还有家庭，他在绝望中挣扎，是放弃还是努力？

那天，他在电脑上浏览博文。"即使举步维艰，千沟万仞，我依然选择向上……"王甲的这首小诗一下跳入他的眼睛，原来他也是"渐冻人"，他写诗，他用一根手指设计作品，他与网友互动交流，他在做公益。张斌一口气看完了王甲的全部博文，各种滋味一齐涌上心头，他想再次打开博客看看，看看这位病友，却再也不敢开启，怕自己控制不住激动的情绪。同病相怜,更能走入彼此的心里,更能接受劝勉的话。王甲积极面对疾病的态度,一点点战胜自己的努力,令他极为钦佩。

6月21日,中国医师协会在北京主办 ALS 国际学术研讨会,张斌也收到了邀请函。当时他不知道,那首小诗的作者王甲就在现场。

也就是从那时起,张斌产生了一个强烈的愿望,他想录下声音日志,趁现在能说话,抓紧记录下自己的思想。日志的第一句话是:"我的女儿3岁,已经会逗大人玩了,叫爸爸的时候小嘴特甜。我多么想这样看着她,一天一天地长大……"

人在绝境时,往往一句话,一首诗,一次行动,会产生意想不到的力量。王甲积极应对疾病、积极追求梦想的故事感染着许多像张斌这样的病友。

在一个贴吧里,有个坛主,写下了这样一段感受:

> 昨天晚上看了两个比较有意义的电视,一个是《肖申克的救赎》,另外一个是"渐冻人"王甲的纪实采访。《肖申克的救赎》相信很多人看过,我也看过不止一遍了,很好很强大,对生活充满希望,才能活得有滋有味。而王甲告诉我的道理很相似,"渐冻人症",这个病很可怕,但只是旁人这样认为,王甲并不觉得可怕,因为只要有目标,生活一样精彩,我之所以对此有所感触,是因为我妈妈是尿毒症患者,只能通过透析维持生命,所以在这个问题上,我自认是有发言权的。王甲的经历,正是自强不息的典范,看过王甲的遭遇,你可能会觉得他

可怜。是的,他的确可怜,甚至是倒霉,老天给了他才华,却逐渐地把他冻起来,不让其施展。刚确诊的时候他确实烦躁过,也确实彷徨过,但是回过神来,王甲不觉得自己可怜,他依然可以施展自己的才华,可以为社会贡献自己的一份力量。如今的王甲,更是超越了以前的王甲,成为一面旗帜。我想对他说一句:"王甲,我支持你。"

这是一个母亲身患尿毒症的网友写的观后感,他用"一面旗帜"来形容王甲的精神给他带来的感悟。那次现场采访,不仅感动了全场观众,也给电视机前的观众带去心灵的洗礼。

有一位博友,在他的搜狐博客里,撰写了一篇精彩的随笔:

几天前,我看了"渐冻人"王甲的故事。王甲,曾经是一名优秀的大学生、合格的运动员、才华横溢的设计师。但三年前,他得了肌萎缩侧索硬化症,俗称"渐冻人症"。现在的王甲只有一根手指能动,但他在爸爸妈妈和好心人的照顾下,用一根手指,敲打键盘,继续他的设计事业。

看完这个节目后,我的心情久久不能平静。和王甲相比,任何人的遭遇都不值得一提。王甲身患肌萎缩侧索硬化症,不能动,不能说话,不能吞咽,全身仅有一根手指头勉强能动。纵然这样,他仍然笑对人生,顽强地写作,用"一根手指"拥抱这个令他眷恋的世界。

生活中,有一部分人每天都在抱怨——或四肢不全,或病魔缠身,或容貌欠缺,或生活拮据,或家庭不睦,等等。然而所有这些，都没有比剥夺你活动的能力来得可怕。而王甲就不同了，他每天只能坐在轮椅上，两腿屈着，身上搭着餐巾，下巴吊着口罩，口罩里放着纸巾。虽然这样，王甲仍然乐观地迎接每一天，没有抱怨，只有坦然。我非常理解，也非常同情这种有心无力的巨大悲痛！

被病魔折磨得仅有一根指头能动的他，竟然用超人的毅力撰写博客，以文字激励读者与自己。"一个男人要把一切苦难当作美食咽下，细细体悟其中滋味""我一直没有放弃，一直在战斗，一直有尊严地活着"。这就是从王甲那不灵活的指头下流淌出来的精妙文字。从字里行间，我们可以看出，王甲仍然对生活充满赞美，充满感激。在他的字典里没有"抱怨"两字，有的只是"坚强"和面对。

他除了不怨天尤人、有惊人的毅力外，还是个无私奉献的人。汶川地震后，王甲设计的两幅公益广告被一家杂志社采用，3000元稿费被他悉数捐给灾区。去年夏天，他为公益项目关爱"渐冻人"活动设计了一幅招贴，蓝色的冰块呈现在白色背景上，他用自己的才华号召人们关爱"渐冻人"，珍爱生活。这是一种设计的语言，一个永不言弃的青年在做的最后努力。

身残志坚，奋斗不息！王甲不屈不挠的精神值得我们大家学习！

作为一个健全的人，我们还能对生活抱怨什么呢？收起喋喋不休抱怨的唇齿，展开强劲有力的双臂，用微笑拥抱未来，用激情点亮生活，用坚强面对困难，用胜利书写人生！

银行职员张玫，有份不错的工作，家境殷实，求学和工作一路顺畅，可就是感情问题让她万分痛苦。多次恋爱受挫后，深受打击的她产生了厌世情绪，每天郁郁寡欢，最终得了抑郁症，并有了轻生的念头。有一天，朋友传给她一个专题片，片中讲述的正是王甲的故事。看完后，她对朋友说："我自己的那些伤痛，现在看来可以忽略不计了，再大的挫折，比起王甲，都羞于挂齿。"感受幸福需要一种能力，她突然意识到自己缺失这种能力，她要努力找回来。她一直没发觉，其实自己是幸福的。

王甲想起力克·胡哲（Nick Vujicic）说过的话——"即使是我生命中最糟糕的事情，对于别人依然有着非凡的意义。"

那天，王甲和一个刚刚查出"渐冻人症"的病友在QQ上交流，他说："你不要哭，遇到困难的时候，想想我，我就是一点点挺过来的。我曾经也和你一样，很帅气很自恋的。你接受了现在的自己，就不会难过了，每一天都是选择，现在要多想想怎么活下去，而且要活得更好。"

王甲知道了自己的价值，他可以为更多的人带来力量。自从2007年患病，他多次在梦中听到病友痛苦的呻吟，他们在和命运抗争，和时间赛跑，有的人放弃了，有的人还在哭泣，在呐喊。他真想尽自己的一切力量帮到他们。

有人说，王甲健康时满身肌肉的照片，再对照现在一动不动坐在轮椅上、只能靠眼神交流的瘫痪的王甲，仅用震撼是无法表达感受的。而他用自己的故事，告诉人们无论在何种境遇里，都要活得有意义。

一天，王爸接到中央电视台《人与社会》栏目组电话，希望来家里采访王甲。王甲欣然同意做这期节目，他希望通过自己的故事，让更多的人关注"渐冻人"群体，尽快实现成立渐冻人基金会的愿望。

《人与社会》栏目组，采访了王甲的同学、朋友、同事，走访了王甲就读的东北师范大学，他的老师谈起王甲时不禁动容，说自己没有勇气面对他，更难以想象这个生龙活虎、才华横溢的学生，面对残酷的疾病是如何度过的。当栏目组记者走入王甲的原单位中国印刷总公司，他的领导和同事对王甲在公司的表现赞不绝口，他那些让人一眼便记住的设计作品以及在公司运动会当旗手时的气宇轩昂，仍历历在目。

"印刷学院有一个印刷博物馆，从设计风格到后期的布置全是王甲做的。中国印刷技术协会里的老领导和年轻人，都认可这个作品。

"我们去他家看望他，他拿出设计的东西给我看，有一本杂志的封面设计，很平静和谐的画面，让我印象特别深。一个人遭遇如此巨大的落差时，内心还可以那么的平静，想象不到是什么样的毅力，达到这种程度。而且，他作品里的文字，一些小细节处理得非常讲究。"

栏目主持人胜春，边讲述边切换采访的画面。最后，他呼吁电视机前的观众，关爱"渐冻人"群体，并希望中国渐冻人基金会早日成立。

第148期《人与社会》被网友传到网上，许多网友观后纷纷留言，一个叫史婷婷的网友说："这是个令我感动得流泪的视频，它让我们每个人都珍爱自己的生命，踏踏实实、认认真真地活着！王甲活出了人生的精彩，他所折射出的对生命珍视的意义，影响巨大，价值无限！"

　　王甲没有想到，自己对生命的坚持，能给别人带来如此巨大的影响，他有了想出书的愿望。他要把自己的人生感悟、自己生病以来与疾病抗争的体会都写出来，让更多的人了解"渐冻人"群体，鼓励更多的人战胜困难，珍惜生命的每一天。

　　有了新的目标，王甲踌躇满志，他开始创作自己的书。

　　天气好的时候，王爸王妈和虹妈会带王甲去玉渊潭公园观赏风景。每次出门，他都要把自己打扮一下，甚至还会抹上几滴香水，这是他生病前的习惯。在阳光下，他微微眯起双眼，他那么爱生活，爱自己。

霍金是我的榜样,
身体被疾病束缚,
精神却拥抱整个宇宙;
将目光放到残疾不可阻挡的
事业之上,

是他对我的忠告
也是我为之奋斗的目标;
我一直喜欢艾弗森,
美国 NBA 历史上最矮却最
有价值的球星;

无论战绩辉煌还是步入低谷,
依然铁蹄狂飙,
勇往直前;
我敬佩澳大利亚人力克·胡哲,
天生没有四肢,

第五章
将目光放到残疾不可阻挡的事业上

足迹却遍布全球；
他们以自己的故事告诉大家只要用心爱
自己和这个世界，
再大的困境都能超越；

只有一次又一次的尝试，没有
失败者，失败其实是放弃；
生命的意义在于全心全意去投入，
做自己，相信自己。

2011年6月14日,半夜,王妈听见王甲用力咬牙的声音,她一骨碌爬起来,她知道儿子又出状况了。王甲嗓子里咕噜咕噜响,她赶紧给他吸痰。她把管子小心伸入他的口腔。

王甲表情痛苦,王妈快速抽出管子,她怕憋着儿子。这个动作已重复不知多少次。

王甲脸色已发青。"缺氧了!赶紧吸氧!"这时,王爸也醒了。

两人一顿忙活。他们知道王甲肯定情况不好,要不,他会尽量忍着,不吵醒他们。

因长期不活动,王甲肺部容易生痰,随着病情加重,痰越来越多。王妈总是第一时间把痰吸出来。管子在口腔刺激多了,痰会更多,为了避免感染,每次她都是小心翼翼的。

王妈已习惯睡得很轻,不时起来查看王甲的情况,帮他翻身,发现有痰赶紧吸出来，生怕他有闪失。

第二天，虹妈来了。看着坐在电脑旁的王甲，她俯下身，轻声问："睡得怎样？没不舒服吧？"

王甲用力挤出一丝笑容。其实他的状况很糟糕，但他不想让虹妈为他担心。

王妈给王甲准备早餐，虹妈接过吸痰的管子，给王甲吸痰，她也和王妈一样操作得很熟练。

王妈将营养液倒在做好的早餐里，搅成流汁状向胃里注射。王甲这样的进食方式已有四个月了，舌尖上的美味已与他绝缘。

"哎哟，大甲怎么了？"虹妈突然发现王甲的脉搏"咚咚咚"地剧烈跳动。

"心慌、缺氧、不舒服。"王甲用眼睛盯着电脑，视控设备发出求助声。

虹妈给虹爸打电话："博良，大甲的脉搏又跳到200多下了，心脏特别不好，他的心脏'咚咚咚'地跳，打氧不管用了！"

"赶紧叫救护车！"虹爸心里"咯噔"一下。当时他人正在昌平。

"已经叫了。"虹妈声音发颤，她听到自己的心脏也"咚咚"直跳。邓江英赶紧给王甲拿出稳心颗粒。

一会儿，救护车来了，医生查看了一下王甲，说："得马上去医院抢救。"

"博良，医生来了，说要去医院抢救。"虹妈快急哭了。

"你什么也别说，赶紧去。"随后，虹爸又给武警总医院打去电话，"给我们安排最好的医生，一定要救救这孩子！"放下电话，他往医院奔去。

全家人一阵手忙脚乱，救护车一路鸣叫着驰向武警总医院。

虹爸一路开着车，心里头像被什么堵住了一般难受。他想，王甲写的书，20多万字，马上就要出版了，要是见都没见到就走了……他这是用一根手指，花了一年时间写的，这孩子也太……他不敢再往下想。

干细胞移植手术稳定了病情

等待了两年多，他终于成功地完成了干细胞移植手术。他在电脑上打出这样几行字："虹妈，我真幸福，有两对父母的爱，有社会力量的援助，我没有理由不努力活下去。"他在李天行的帮助下，制作了一张音乐专辑，来感谢所有有爱心的人。

进入2010年11月，寒冬已近。王甲的疾病突然恶化，呼吸困难，整夜无法入睡。他在博客里写下了他的心事：

身体无故进入一段很长的低潮期，这一个多月来，我平静地思考了很多，有些话存放在心里会淡忘，有些话还不吐不快。你无力控制自己的身体，可你的确实实在地活着。眼看自己不断虚弱，精神意志就显得尤其重要了，我坚信这不是最后的时光，我要和我爱的人在一起，越久越好。

我品尝了人间的极品苦果，一般的苦在我眼里只是阵痛，痛的感觉让人明白活着的代价。我化作一尊石像静静爱着你，不会分离，在这段有限的岁月不悲不喜，体会生的雄壮，感受死的孤寂。真希望妈妈不那么累，等未来条件好了有个人替她分担，希望虹妈永远快乐。坚持不放弃的辛酸，坚守不离去的真情，坚强守护我的伟大，坚定不动摇的眼神，成了我伟大的财富。也许疾病剥夺的是我与人间的交流能力，但磨炼了世间最感人的情感和最朴素的精神。

我不是沽名钓誉之辈，我所做的是再平常不过的事，为了和我一样的人，我必须站出来，让更多的人知道这个病，让社会帮助这些无依无靠的人。我不清楚上天能留下这根唯一能动的手指多久，在它的功能消失前，我会发挥最大的价值，这也许是天意吧，它注定有它的使命。

我可以没有呼吸，但不能没有情感；我可以没有婚姻，但不能失去对爱的向往；我可以没有财富，但不能没有精神家园；我可以离开这个世界，但不能没有你！

尽管王甲的心态坚定乐观，可顽疾还是一点点吞噬着他青春健美的躯体。一家人到处求医问药，他们跑遍北京及周边地区大小医院，尽管医生都说，这种病无药可医，但是他们不放弃，梅花针、按摩、放血、各种苦药甚至气功等方法都用上了。可是，王甲的病逐步恶化，慢慢侵蚀着他。

生病以来，王甲可称得上最配合治疗的病人，火灸、拨筋……只要有一线希望，无论多苦、多遭罪，他都愿意接受。一次，母亲试了一下拨筋，只一下就痛得眼泪快要掉下来了，而王甲一次治疗就要一个小时，他始终连哼都不哼一声。过去那个热血沸腾且有些毛躁的大男孩儿蜕变得坚定从容，变成了真正的男子汉。这种精神状态对身边的人是一种鼓舞。王妈看着儿子身上那个劲头，很欣慰。她无法想象，要是儿子整天哭哭啼啼的，日子将怎么过。

"有没有正规的疗法？"看着王甲这么折腾又没有效果，虹妈很着急。这段时间，他们为救治王甲尝试了各种疗法，结果却一次次失望。

"听说干细胞移植对这种病有点效果，半年前我们想做这个手术的，可费用太贵，所以不得不放弃了。"王爸说。

"要不然咱再想想办法吧。"虹妈说。

可这种疗法费用太高，不是一般家庭所能承受的。怎么办？虹妈向虹爸求助："就这个方法大甲没试过，兴许能帮到他。"虹爸被妻子执着的付出感动着。一直以来，他认为妻子是个柔弱的女人，没想到自从认识王甲，她竟然变得坚强起来，能吃苦，不怕累，做事执着。妻子身上那种爱的力量也感染到他。"行，只要你愿意做的事，我都支持。"虹爸对虹妈说。

虹爸开始逢人就说王甲的病，为他做干细胞移植的事到处奔波。他多方联络，终于联系上武警总医院的郑静晨院长和神经干细胞移植科的安沂华主任。虹妈和虹爸向他们介绍王甲，只有一根手指能动，但从未放弃自己喜爱的设计，他的精神感染了众多健康的和罹患疾病的人，他现在情况危急，需要救助。郑院长和安主任知道这种病的残酷，听着王甲的故事，他们非常钦佩，同时也被眼前这两个人感动了，他们和王甲非亲非故，居然用心地照顾他，为了他的治疗到处奔走。而王甲生病后还做公益，努力让自己活得有价值。医院最后决定收治病情进入晚期的王甲，免费为他做干细胞移植手术。他们想尽医院的一点力量，来表示整个社会对王甲的支持和对虹妈一家的感谢。

得知消息后，王甲一家特别高兴。王甲在电脑上打出这样几行字："虹妈，我真幸福，有两对父母给的爱，有社会力量的援助，我没有理由不努力活下去。"

2010年12月1日，王甲在家人和虹妈的陪伴下，住进武警总医院。看到病友的各种痛苦，王甲的心情也很沉重，他希望受苦的"渐冻人"能早日得到帮助。他在博客里记录下当时住院的情景：

> 病就像囚牢，一天天，一岁岁，其滋味只有困在里面的人知道，这里头的日子不好过。住院的日子，我看到了太多的病友，由于各种原因不能动，每天哭声，叫声，喊声，不绝于耳。我想起天堂和地狱的区别，在地狱里，每个人手中都拿着

一个很长的勺子,可每个人都只往自己的嘴里送,结果谁也吃不到,叫苦不迭。但是在天堂里,人们也是拿着同样的勺子,但每个人不是往自己嘴里送,而是大家互相帮助,往对方的嘴里送,到处喜乐祥和,这就是启示。如果人间能这样多好,我苦苦期盼成立渐冻人基金会,我告诉自己这个愿望一定能实现。虽然这条路遥远而漫长,但我会坚定不移地走下去!希望有一天,我们都能找回凡人的快乐。

王甲做了腰椎穿刺干细胞移植的第一次手术。安沂华主任亲自执刀,手术非常成功。这一天,王甲像得到礼物的孩子一样兴奋异常。此后的一个月里,王甲上了三次手术台,完成了干细胞移植的第一个疗程。在医护人员的悉心照料下,经过一段时间的治疗,王甲的状况明显好转,吞咽食物时不会太呛,比以前顺畅多了,脸色也变得红润起来,精力比以前充沛了,急剧恶化的疾病逐渐稳定下来。这让王甲信心大增,他看到了生的希望。生病以来从未因为疾病痛苦而流泪的他,此刻,却因为这些爱和关怀落泪了。他说:

幸福有种力量,它能带你到幸福的国度。只有真正经受过苦难的人才明白幸福的含义,只有跨越生死的人才会把过往的幸福视为力量,只有懂得奉献的人才会感受到幸福的味道。

他从内心感谢安主任和医生们,感谢护士长史晶和护理人员的辛苦付出。

  武警总医院的医护人员在为王甲的付出中，也被他感动了。"我从医这么多年，接触的病人不计其数，也有很多感人的事。说实话，经历多了，很多时候，我们越来越理性，心变得坚硬，轻易不会动感情，不会流泪，这是职业形成的特点。但我这段时间却时常被王甲感动，他对生命的坚持，他的爱心，让我有了想哭的冲动。"安沂华主任说。

  2011年1月25日，武警总医院举办迎新春晚会。当主持人宣布下一个节目是音乐故事《点亮生命》时，音乐缓缓响起，演员们走向会场，他们是干细胞移植科的全体医护人员。"爱是人类最美好的语言，爱是白衣天使的宗旨……"身穿警服的安主任首先开始朗诵，"2010年底我科收治了一位特别的小伙子。曾经的他阳光健硕、英俊帅气、才华横溢，被誉为天才设计师……就在人生最灿烂的年华里，他却不得不在死亡线上苦苦挣扎。""面对绝症，他依然像个男子汉一样去战斗，正如他在博客里写的：我是个勇士，即使手中的战矛已残，依然选择坚守在这片贫瘠的土地上，战斗下去，像斯巴达勇士那样，冲破死的囹圄，站在生命之巅。"演员们依次讲述着他的故事，王甲在病中，仅靠一根手指设计出优秀作品，家庭困窘，却依然捐出稿酬的事迹，感动了全场。场内响起热烈的掌声。主持人说，虽然王甲现在不能说话，但他要用一首歌来表达对全体医护人员的感谢。

  音乐响起来，护士们翩翩起舞，李天行手握话筒，动情地演唱了他

专门为王甲创作的这首歌:

感谢你

多想和你永远在一起

多想和你永远不分离

我会永远想念你

我会永远爱着你

多少真情难以忘记

多少温暖记忆在我心里

你那包容的心地

你那温暖的话语

你的真 你的爱 你的情 你的心

叫我难忘记

感谢你 感谢你

感谢你对我的点点滴滴

我会永远把你记在心里

大家流着眼泪观看这个特别的节目,王甲沉浸在爱的氛围里,心里被幸福填得满满的。当李天行告诉大家"今天是大甲哥哥的生日,让我们一起祝他生日快乐"时,全场再次响起热烈的掌声。

王甲铭记了这一天,他在博客里这样写道:

　　我和我的家人在一起,和我的朋友在一起,和我的梦想在一起,所以我是幸福的。风雨中我并不孤单,一想到你们,我的病痛好像消失了,心中很富足。你们是我的财富,在一起,不离不弃,在一起,生死不离。

　　音乐是心灵的桥梁,生命中温暖他的人,一一在王甲眼前浮现,父母、虹妈虹爸、莲姐、好友范常瑞……还有更多陌生的面孔。这一刻,王甲突然有个想法,要和天行弟弟合作,制作一张音乐专辑,回赠给每个帮助过他的人,用音乐的方式传递自己感恩的心情。李天行了解了他的想法后,欣然同意。此后的日子里,经过李天行几个月的辛苦创作,专辑《点亮生命》终于问世了。
　　王甲设计了专辑的封面,背景颜色是夕阳的红与黄拼合成,画面中王甲坐在轮椅上,笑容灿烂,李天行推着轮椅向前行,画面温馨暖人。
　　两人合力完成的这张专辑共制作了1000张,王甲希望聆听这张充满爱和感动的专辑的人,能听到他心灵的诉说。

　　完成这张专辑,并不是回报的结束,这只是个开始,我还会继续寻找突破自己的路径,去回报大家,感谢社会对我的关爱。

王甲在爱的包围里，内心的能量在增强，他发现自己心灵的疆域变得更开阔了。

我的生命因为爱而完整

他被媒体一次次推到了公众面前，他用自己的故事讲述生命的珍贵。他在慈善晚会上拍卖设计作品，将拍卖所得的30万元善款全部捐献给儿童星光基金，他在用多种方式回报社会，传播爱心。

虽然我的肉身失去了光华，但是我的心依然坚强，依然美好，依然帅气，我用最真诚的笑脸回应所有的爱，我用一根手指舞动着不屈的灵魂，我用一颗真心全心全意爱着每一个人和这个美丽的世界。再美的花也无法跨越季节的变化，生命也是一样，逃不过时光的流走。但生命的质量不在乎长短，而在于是否绽放过，有无穿越时空的力量，这种力量就是永不放弃的精神。一路上，我带着这样的力量遇到了很多爱，一点一点汇聚成耀眼的光芒，变成我的翅膀，让我在黑暗和苦难里勇敢飞翔。此时此刻，我们都是爱的见证者，而你们是这爱和奇迹的缔造者。

2011年8月21日，王甲参加了儿童星光基金启动仪式。此项基金用于脑瘫儿童，是由武警总医院联合国务院关心下一代工作委员会、民政部中国社会福刊基金会、众多明星和知名人士一起成立的。安沂华主任找到王甲，希望他能为大会设计一个主题LOGO，王甲欣然同意了。

他把LOGO的主标定为花的图案，红黄蓝绿紫五种颜色的花瓣，象征着孩子多彩的童年。花瓣采用苜蓿草的心形叶子，苜蓿草又称幸运草，蕴含专项基金的成立给脑瘫孩子带来的福音。王甲说："花瓣团团簇拥的花心成五角星形，五角星是国旗的主要组成部分，寓意儿童是祖国的未来，是正在冉冉升起的星星。星星被处理成立体图效果，留白的地方是随风旋转的风车，象征着儿童的天真快乐。而在五角星的周围是一颗颗爱心围成的多彩花朵，是爱让枯萎的花重新开放，爱的汇聚呵护着儿童美好的年华。"

王甲和李天行花了两天的时间完成了这个LOGO的设计。这个设计方案一出来，即得到活动方认可。

在当天的晚会上，这个LOGO醒目地印在主题板上。当主持人介绍，设计师是一个只有一根手指能动的"渐冻人"时，全场响起热烈的掌声。

这场由中国民营企业家协会主办的慈善晚会，有许多企业家和爱心人士在场。大会介绍了王甲从一个英俊健硕的有志青年，到全身不能动，失去语言功能，随时面临死亡的病人。他仍然坚持创作，热心公益事业，他生命的坚持和爱心的传递感动了全场。当晚，他的两幅作品《渐冻的心，炙热的灵魂》和《国魂》现场拍卖，被爱心人士以30万元拍下收藏。王甲将这笔钱全部捐赠给儿童星光基金，用于救助脑瘫儿童。有个企业家，在现场被王甲的事迹所震撼，他找到王甲，给了他6万元现金，王甲也将这笔钱捐给了儿童星光基金。

有人问王甲说，"你现在的情况特别需要钱，家里债台高筑，干吗不留些自己用呢？"王甲想了想说："虽然我现在是个需要大家帮助的人，但因为我尝到了被赠予的快乐，所以要赠予出去，这件事情更有意义。我依旧是个病着的穷人，希望有一天我们都可以摆脱疾病的束缚，变成自食其力的人，不用再麻烦国家和社会。"

其实，王甲家里的确很需要钱，他因为吞咽困难，一个小时也吃进不去多少饭，因营养不够，人消瘦得皮包骨。医生建议他每天服用营养液，按医生说的用量，这笔开支非常大，家里是承受不起的。

为了给家里增加点收入，王甲接一些商用广告的设计工作。他在家人的帮助下，与商家沟通设计方案，初稿满意后，商家先付部分定金，等设计完成验收满意后，再全额付款。

那天，王甲接了一个大设计活儿，一下子赚了两万块钱。商家验收后很满意，准备马上打款。王甲听后脸上浮现出笑容，这段时间没日没夜地赶制，终于完成了。这笔钱他早有安排，他想给母亲安装一副假牙。母亲的牙齿已经坏了，后面的大牙快掉光了，前面的牙齿也是锥子状，吃不了硬东西。过度的劳累加上吃不好，她的身体越来越瘦弱。

"妈，快去吧，去装上口好牙。"商家前脚刚走，王甲就迫不及待地催母亲。

"以后再说吧，这口牙还能凑合着吃饭。"王妈知道王甲是一片孝心，可她不舍得用这笔钱。她去过牙科诊所，安装一副假牙要7000多元，儿子现在急需要钱，她自己的牙无所谓。

"今天你一定要去，要不然我生气了。"王甲故意吓唬母亲。

王妈终于听儿子的，安上了一副假牙。母亲吃饭的时候，王甲盯着她，看到她咀嚼再无障碍，他心里感到很安慰，终于了却了自己的一桩心事。

这段时间，许多媒体邀请王甲去做节目，中央电视台综合频道《我们有一套》、四川卫视《公益中国》等。王甲身体再不舒服，也会前往参加节目。他知道利用电视传播，会让更多的人了解"渐冻人症"。他成了这个群体的代言人。

2012年4月，北京卫视《身边》节目，对王甲做了专访，主持人马迟讲述王甲生病后自强不息的历程。故事播出后，王甲的微博粉丝好友激增，网友给他留言，每天看他的微博，都说是来感受生命的力量的。他的每一句话都能鼓舞到大家。

他说："身体有恙并不可怕，可怕的是我们放弃了生活，放弃了再一次站起来的决心。我们做一个勇敢的人，用自己的生命力量去化解命运的遗憾。"

王甲面对网友的关爱，在微博中写道：

这是我第100条微博，对于普通人可能没什么，但对于浑身瘫痪的我来说，却是个不小的挑战！苦难带给我的不仅是痛苦那么简单，更多的是启迪了我对生命的反思。从困难中获得智慧，从来不依求别人来解脱身体的苦痛，从不强求什么，希望我的生命因为爱你而完整！

无论生长还是凋零都要活出姿态

《人生没有假如》与广大读者见面了，著名学者周国平给书命名并作序。周国平说："你的确是天空之水，而天空之水是不会冻结的，我分明看见你的生命依然奔腾在灿烂的阳光里。"

因肌张力高，王甲的嘴巴只有向下合的力，一打哈欠就会咬住舌头，每次都是王爸和王妈用手掰开他的嘴，好让舌头回去，而那舌头现已千疮百孔。王甲曾称自己经受的是"世界最残忍的酷刑"。每天在这人间炼狱中，一口痰随时都会要了他的性命。有一回，吸痰器突然坏了，因为没有备用的，王爸拼命跑去医疗器械商店买，才将儿子从死神那里夺回。

2012年1月,王甲的吞咽更艰难了,吃饭成了最痛苦的事。饭送进去又呛出来,口水将饭和成了汤,基本上吃不进去饭了。王甲瘦得两颊深陷,眼睛显得更大了。医生说这是"渐冻人"病程中必经的阶段,需要做经皮内镜下胃造瘘术,解决营养摄入问题,这是延长生命的重要手段。而王爸和王妈起初排斥这个手术,他们一直拖延着。可挨到年底,实在撑不下去了。

每次吃饭都要将近一个小时,把妈妈的胳膊累得酸痛,还没喂进去多少,基本都变成和我的口水混合的汤了。这段时间我爆瘦,只有皮包骨了,爸爸妈妈十分心疼,这样下去我早晚会被饿死的,许多病人就是因为不能进食而死亡的,于是我们决定做胃造瘘手术了。

最痛苦的不是伤口的疼痛,是手术的时候我不能表达,难受痛苦只能忍着。有个特别厉害的女大夫,把妈妈和虹妈都赶出去了,留下口不能言的我躺在冰冷的手术室里,我的心也是冰凉的,不一会儿就感觉肚皮"嗖"地凉了一下,因为打了麻药并没有感觉疼痛,然后大夫拿了带灯头的管子想要插进我的嘴里。

因为我的情况比较特殊,有别于其他"渐冻人"的就是嘴巴张不开,这也是我最痛苦的地方,不但给医生带来许多麻烦,更给自己造成了无尽的痛苦。医生并不知道我的特殊情况,怒斥我不配合。因为导丝必须从嘴里放进去经过食道送到胃部的伤口处,把胃管送到胃里。大夫也急了,想了好多办法弄开我的嘴,用手掰,用东西撬,弄得我嘴巴很疼,费了好半天终于把开嘴器放进牙齿中间咬着,因为肌张力高,我的牙齿都快碎了。

因为长期不活动,容易生痰,管子在口腔里反复刺激的时候,痰更多了,平时有痰的时候妈妈会第一时间帮我吸出来,现在手术的时候只能憋着,大夫看不懂我的眼神,妈妈也不在,我只好忍着。有时候你越觉得痛苦就会越痛苦,在你放下的时候就没有那么痛苦了。我开始不去想憋气的事情,听天由命吧,不一会儿管子从嘴巴里送到胃里了,手术也结束了。

妈妈冲进来帮我吸痰,吸完后我被推出了手术室,看见在外面守候的亲人,特别是虹妈妈的时候,觉得自己非常委屈,没人懂我,就想趴在妈妈怀里大哭一场,发泄发泄,但是怕她们担心,于是我把泪水变成了笑脸,不让她们难过。

说到痰,这是我平日里最最痛苦的事,每天二十四小时,吸痰得占用六七个小时。有的时候痰不但多还干,每天妈妈给我打很多化痰药品,有时好使有时不好使,特别是干的时候。妈妈和虹妈妈是世界上唯一会给我吸痰的人,平均每天吸痰管进入口腔几乎百次,我每天几乎滴水未进,但是从肺里吸出的痰有好几桶,有时候连续吸几个小时妈妈累得都瞌睡了。这不是一天的辛劳,几乎是天天如此,我筋疲力尽,连睁眼的力气都没有,但是我需要用眼睛表达我的思想和要求,所以我得用力睁开啊,告诉妈妈我的想法,饭吃不好觉睡不着。

这段时间所有的梦想只能搁浅。

王甲经受着常人想象不到的痛苦。他的病情每月总会有特别糟糕的几天,痰多而黏稠,吸不净,要长时间的大吸,憋气抗不过时,就要进

第五章 将目光放到残疾不可阻挡的事业之上

医院抢救。而他此时的感觉神经却异常敏感，对冷热、痛痒的感受比生病前更强烈。在这个过程中，王甲安静的身体里边，是在经受着万箭戳心、百蚁啃啮的苦。

在医院住了一段时间，2月17日他又一次从死神手里逃脱，闯过了鬼门关。车子在回家的路上，有银杏树从车窗外掠过。严冬刚刚过去，银杏树正在萌发春意。他特别喜欢春天的银杏树，叶子像一把翠绿嫩黄的小扇子。记得刚来北京时，到了夏天，银杏树茂密的树叶遮天蔽日，旺盛地生长着，那时的自己够文艺，总要拿出相机拍几张照片，再配上首小诗，那是再美不过的事了。

活着真好，王甲感谢医生和家人把他又拉回人间，让他还有呼吸，可以看世界。

回家后，王甲立即开始撰写他的书。患病以来，由于身体受限，王甲有了更多时间专心阅读，他广泛涉猎哲学、人文、艺术、传记等方面的书籍，思考问题会往深里想。在写作过程中，梳理自己的经历时，会喷发出智慧的火花，对生死，他有了更高层面的解读。

王甲出院后不久，唯一勉强能动的那根手指也不能动了，现在全身除了眼珠外，其他都被"冰封"住。一家科技公司为他安装了一台眼控仪，是和物理学家霍金一样的仪器，通过光学传感器捕获眼球看到的位置来打字。王甲靠这台眼控仪，终于完成了书稿最后的撰写。可就在书稿付梓后不久，因一场感冒，他又再次进医院进行抢救。

住院期间，正赶上2012年伦敦奥运会，开幕式前一天，王甲对虹妈说要回家看奥运会。王甲的请求被王爸拒绝了，他不想再给虹妈添麻烦。

"这里有电视机，哪儿看不是看啊，干吗非要回家看，怪麻烦的？"王爸不理解儿子为何回家看。

"今年的奥运会，也许是我能看到的最后一届了，我不知道以后还能不能再看到，我想回家看。"王甲还是坚持。

"那好，咱回家。"虹妈听了心里很难过，她不想让王甲留遗憾。

王甲终于从医院回到家里。第二天，他发了一条微博："我非常非常开心，能在家里感受和亲人一起看奥运会的喜悦。"

这时候的王甲，晚上睡觉已离不开呼吸机了。

2012年7月，王甲的《人生没有假如》出版发行。著名学者周国平先生为此书取名，并亲笔作序。李连杰、周杰伦、周涛、郑绪岚、谭晶、侯耀文等百位文化知名人士都被他的精神所打动，以各种不同的方式给予他支持和鼓励。就算是一个健全人，用一根手指敲出20万字，所面临的难度也是难以想象，而对一个"渐冻人"来说，这就是一个生命的奇迹。

这是中国第一部以"渐冻人"为题材的文学书籍。王甲没想到的是，这本书一经出版，立刻引起了社会的热烈反响，王甲用一根手指和双眼，记录下自己的生命历程，本身就是一个奇迹。很多人因读了这部书重新思考人生，特别是更加懂得了尊重生命，理解生命的意义了。一些青年读者，读后受了很好的教育，他们比以前更加坚信努力的意义和爱的存在，内心升起追梦的力量。

作家王洪波读后撰写了一篇读后感发表在《人民日报》副刊上，他说："我想，一个人如果每天都面对生死，而又没被它击垮，一定会是一个内心极度坚强的人。王甲正是如此。学者周国平在为王甲这本书所写的序言中说：'他说他崇拜我，我听了万分羞愧，我告诉他，他才是值得我崇拜的，他精彩的生命照亮了许多人，也照亮了我。'我想，这并非周国平的谦虚。读这本书，确实有被一种特殊的光芒烛照、透彻肺腑的感觉，迫使我们重新检视自己的人生。"

很多读者纷纷在网上留言，说出自己的感受：

> 看到电视上的《道德观察》，才知道王甲。书一晚上就读完了，很感动。我们应该好好反省自己的生活，有着健康的身体，也该好好努力啊。

> 看了王甲写的书，很是震撼。人生很美好，现实很残酷。希望上天能眷顾他，让他早点好起来。最近心情很差，但看了书中的文字，觉得自己对不住生活给予我的一切。

> 这本书，我翻来覆去看了好几遍，感动的同时，也很感激，让我重新审视了自己的一切，活在当下，活出精彩——有

价值的人生。感谢王甲，王甲加油！创造出更好的作品！

在电视节目里看到王甲的故事，深受感动，得知他今年出了一本书，就上网买了一本，这两天正在认真阅读，写得非常好，给大家传递正能量。

王甲哥哥是我们语文老师的大学同学，她推荐我们看这本书，她对于王甲哥哥的经历只有一句话：天妒英才。

一个人身体不正常都可以活得这么有理想，那么我们正常的是否该做得更好呢？

这本书非常好，传送给人追寻生命中美好的一种力量，主人公虽然面对如此大的病魔灾难，心中却如此阳光魅力，那种淡然安定让人心生敬畏！

有多所学校在中考模拟试卷中出了这样一道测试题：王甲是接近晚期的"渐冻人症"患者，全身上下唯一能动的只剩下眼睛了。然而通过特殊的视控装置，凭着这双眼睛和强大的内心力量，他写下了20万字的《人生没有假如》，这是中国第一部反映"渐冻人"生活的文学作品。王甲的书告诉我们什么？这道选择题的答案是："面对逆境，要悦纳自己，自信自强。"

央视《鲁豫有约》节目将王甲一家请到演播大厅。面对读者对这部书的反映，王甲露出了笑容。王爸王妈在现场讲述了他生病的经历，王爸为儿子的坚强几度哽咽，王甲生病后，他重新认识了儿子，对他的行为也是从心里佩服。王甲与现场观众通过眼控仪互动，他说等渐冻人基金会成立，他要将这部书的全部稿费捐出去。鲁豫在节目最后说，她特别欣赏王甲在书中的一句话："我相信在爱的光芒下，他们会慢慢融化，我相信只要坚持就会重生。"

天行健，君子以自强不息；
我是一个幸福的人；
一面在生活中战斗，
感受生命的传奇；

一面在苦难中做梦，
在别样的人生里描绘
我的彩虹。
感谢父母，

日夜守护我的生命；
感谢虹妈虹爸，
改变了我的人生轨迹；
感谢所有帮助过我的朋友们，

第六章
为"失语"的"渐冻人"代言

没有他们的爱,
我的生命和梦想都是空谈;
我之所以愿意接受媒体的采访,
是为了千千万万个"渐冻人"同胞;
希望更多的人得到关爱,
看到生的希望。

2014年11月18日，早上6点半，窗外传来鸟鸣声，王甲睁开眼睛。王妈看儿子醒了，赶紧起床，准备毛巾、脸盆，要开始洗漱了。

王甲躺在床上，王妈帮他刷牙。躺着刷牙的滋味真不好受，尽管牙齿成了摆设，还动不动咬住舌头，但王妈还是坚持每天帮王甲仔细清洁。

从王甲全身不能动的那天起，她晚上就睡在儿子身边，一刻不敢离开。

"醒了？"王爸走进卧室，他过来帮王甲穿衣服："天气不错，没风。"他看了看窗外的天空。

今天他们要去给"渐冻人"送呼吸机。这是"王甲渐冻人关爱基金"捐赠的第一批呼吸机。昨天，中国宋庆龄基金会的王冬云干事打来电话，说还有最后一台了，趁天还没冷要赶紧送到病人家中。这批捐助的10台呼吸机，不管路途多远，基金会的干事都是亲自送上门。

最后一个受捐者名叫包莉，是北京人。王甲希望亲自去送，这是"王甲渐冻人关爱基金"成立后的第一次救助活动，他心情很激动。

下午两点半，虹妈来了，他们一行人来到包莉居住的小区。这是一幢老楼，没电梯，楼道特别窄。到了楼下，发现轮椅根本上不去，无奈之下王甲只能在楼下止步了。

包莉在家里翘首期盼，她的心情异常激动，当双手接过"王甲渐冻人关爱基金"捐助的呼吸机时，她哭了。

42岁的包莉，患上"渐冻人症"后，她还能说话，已不能走路，仅一只手能动。她在电视上看到过王甲，一直以他来激励自己。听说王甲今天要来，她昨晚一夜没睡好，想尽快能见到他。

然而此时，一个在六楼病床上，一个在楼下轮椅里，两人近在咫尺，却因为身体原因没法见面，包莉感到非常遗憾。

尽管没能上楼与包莉见面，但是王甲也非常开心，他想象得出包莉收到呼吸机时的神情，他知道这台机器对她的重要性。他心里想：要是其他的病友都有一台呼吸机就好了。

今天阳光真好，王甲心里暖洋洋的。他坚信这个愿望会实现的。

感谢一路上有你

他反复调整光标,几次删除后重新拼音,在电脑上给记者打出一行字:"生命,虽不能左右,但如此珍贵。"王甲现在最大的愿望就是平安、快乐。正如霍金给他的信中写的一样:"只要有生命,就会有希望。"

周末,北京海淀区某街巷,夜景灯全开了,璀璨的灯光将夜色中的京城映照得格外美。虹妈和朋友在一家酒店聚餐。席间,虹妈拿出王甲的书《人生没有假如》。

"这本书终于出来了!大甲开始用一根手指打字,到后来,手指不能动了,就用眼睛,你想想,一个字一个字地写,多不容易!"虹妈最了解王甲打字的艰辛。

"真是奇迹,这不是一般的毅力。"朋友在赞叹声中相互传阅。虹妈和虹爸,一有机会就在朋友中提起王甲,王甲成了他们生命中最重要的人。

"对他来说这工程太大了,到了后期,累得躺在床上,眼睛对着眼控仪,就那么一个字一个字地写。躺着不动,肺活量小,痰就多,写着写着,痰多得不行了,就得吸痰。"王甲这种做事的劲头,让虹爸很佩服。

"我从没听他抱怨过,反而还安慰别人。"虹妈接着说,"他心思特细腻,也特有孝心,是个懂得感恩和付出的孩子。"

"有好多人觉得他挺可怜的,本来想去帮帮他,到后来发现从他身上得到的更多。他身上的那股精神很鼓舞人,凡是接触他的人,都有这种体会。"虹爸说,"崇文门教堂喜乐团契有个新来的义工,90后吧,年龄特别小,听说王甲的病后,要去看他。那天她心里还挺害怕的,因为听说王甲又戴呼吸机又是胃造瘘的,结果去了后,所有的担心都成多余了,大甲眼睛里的那种东西,那种不倒下的劲头儿,健康人也做不到。你完全感觉不到他是个病人,真的。"虹妈和朋友们讲述在王甲家里看到的情景。

"他有个心愿,就是成立渐冻人基金会,我也一直在帮着跑这事,已快两年了。"虹爸说。

他们一边吃饭,一边聊着王甲。突然,餐厅的灯一下子灭了。所有人放下筷子,抬头看灯。"咦,停电了吗?"正在他们面面相觑时,餐厅包间的门打开了。只见服务员推着一辆车进来,上面用西瓜瓤刻着一个个心字,还有蜡烛,烛台也被摆成了心字形。

推车的服务员开口讲话了:"刚才听到你们讲王甲的故事,我们特别受感动,经理就让我们插播这样一个小节目进来,来献给王甲,献给在座的爱心人士。"服务员说完,一起唱起了《感恩的心》。烛光里,她们用哑语手势边唱边表演,气氛突然就被一种说不出的感动笼罩着。年轻女孩美好的笑容,那一颗颗心心相连的西瓜造型,在座的每个人都读懂了这些90后想要表达的美好寓意：全社会有爱心的人，心是紧紧连在一起的，有爱就有希望和力量。

　　虹妈和虹爸没有想到，王甲的故事不仅感动了他们，也让所有听到王甲故事的人受到感染。他们在默默支持王甲，在力所能及的范围内传递着爱心。王甲成了"渐冻人"群体中顽强与疾病抗争，不放弃梦想，懂得感恩与回报的一个最好代表。

　　　　生命就是一场长久的等待，等待理想的结果，等待最终的完满；确认自己的等待不会落空，确认自己的坚持是对的，确认自己的生命是有意义的。
　　　　我曾经以为世界上根本就没有这样一个结果，没有一个人能够把我从病魔的深渊中解救出来，没有一个人能够彻底抚慰我心底的伤痛，没有一个人能够与我感同身受。就好像，我的灵魂和肉体被孤独地囚禁在自己的命运里。
　　　　然而，上苍推翻了我的念头，他让我的生命中出现了一群好心人，并在我已接近溃烂的心中播下了一颗温暖的种子，它扎根、发芽、开花、壮大。从此，我的心中有了与众不同的温暖，这种温暖融化了我心中的寒冰，驱散了我自暴自弃、听从命运安排的念头，给了处于生命囚笼中的我生存下去的希望，也给了我战胜疾病、重新站起来的力量。

　　从2012年8月8日开始，王甲的病情很不平稳，因为痰液栓塞，他不能坐起来，即便是小坐一会儿，血氧也会降到80多，所以只能躺在床上。什么都做不成，这对王甲来说是最残酷的，他想了很多，甚至想到自己还没来得及写封遗书。

王甲再次被家人送到了北京武警总医院，他又一次开始与死神进行较量。

北京电视台科教频道的情感访谈节目《非常父母》，将王甲的父母和虹妈请到现场作客，讲述他们与王甲之间的亲情故事和母子情怀。那天，王甲还在医院接受治疗，栏目组的编导和记者来到医院。在与王甲的交谈中，王甲表示很希望到节目现场，记者在征求主治医师安主任的意见后，医护人员对王甲的身体进行了仔细的检查，最终王甲来到了节目现场。

记者问王甲："如果现在可以让你恢复一个功能，你最想恢复的是哪个功能？"他说："语言。"他想对父母说声"谢谢"。尽管当我们打开他的微博，无数次看到他用文字在表达他的爱。

> 我因为不能动，血液循环不好，整个下半身都是冰凉的。特别是手和脚。母亲说我的腿像冰块一样，于是她用满是裂痕的双手给我揉搓，用她的体温来温暖我。这就是母爱，永远都保护你的安全，不遗余力，不离不弃。这几天我有点不舒服，把妈妈折腾得够呛，妈妈对不起，儿子爱你！
>
> 感谢爸爸给了我宝贵的生命，从小到大对我严厉管教，给了我良好的教育和勇敢的灵魂。您用血汗钱把我养大，在我生命垂危之际，您是这个家的顶梁柱。苦难又让我多了一对父

母,虹爸爸是我一生的榜样,如果我有机会做爸爸,也会以他为榜样,做个好爸爸,让儿女为我骄傲。爸爸们父亲节快乐!

我又活过来了,这次的经历让我明白了很多东西,也格外珍惜这失而复得的生命,感谢所有医护人员,感谢我的父母,感谢虹妈虹爸!这份亲情,让我有继续活下去的勇气,我必须争口气,好好活着!

"经历了这次生离死别,才真的明白在一起是多么的美好,生命无论以什么方式存在,只要心中有爱,就不会害怕,感谢上帝没有让我们分离。"

王甲希望在这个节目里,面对亿万观众,对父母说声"谢谢"。当一个家庭有亲人患上"渐冻人症"时,是对整个家庭毁灭性的打击。仅仅护理一项,其艰难程度可想而知,王甲对父母一直充满内疚和感恩,他觉得仅有表达是不够的,他要以行动,要用自己的故事,让所有陷入困境的父母、家庭被社会关注,让他们能感受到来自社会的爱和温暖。

一场温暖生命的慈善晚会

他的心活着,他的眼活着,他用微弱的生命,做着慈善公益,他终于实现了自己的梦想——"王甲渐冻人关爱基金"成立了。此后，默默承受病痛的折磨，极少出现在公众视野的"渐冻人"群体浮出了水面，他为这个群体代言。

"渐冻人症"因为是少见病，全社会对此病缺乏认识，甚至有些医务人员对此病都非常陌生，很多"渐冻人"都在孤军奋战。

在1997年，"渐冻人"协会国际联盟选定在每年的6月21日举行各类认识运动神经元疾病的相关活动。他们希望通过每年这一天的活动，让世人重视这种可怕的疾病，让更多的爱心汇聚。2000年，在丹麦举行的国际病友大会上，正式确定6月21日为"世界渐冻人日"。

尽管目前"渐冻人症"尚无治愈的方法，但早期诊断、早期治疗，可有效延长患者的生命，推迟患者发展到呼吸功能衰竭的时间。霍金被禁锢在轮椅上长达52年之久，除了他本人超乎常人的顽强毅力外，医学上的诊治也是必不可少的。

王甲患病初期，就在治疗上走了很多冤枉路，受了很多苦，也因此倾家荡产，生活差点无以维系。也就是从那时起，他心里有个强烈的念头，成立一个渐冻人基金会。由于缺乏认识、缺少宣传，在中国的"渐冻人"群体得不到及时、有效的治疗和救助。为此，王甲参与了很多关于"渐冻人"的论坛和活动，设计公益海报，用各种方式呼吁社会关注"渐冻人"群体。

成立渐冻人基金会，一直以来是他最大的心愿。虹妈和虹爸为帮王甲实现这个愿望，也到处联系、奔波，经过长期的沟通协调，中国宋庆龄基金会决定和王甲共同发起设立"王甲渐冻人关爱基金"。

2012年11月4日下午，"中国宋庆龄基金会渐冻人基金暨王甲渐冻人关爱基金"设立仪式在北京宋庆龄故居隆重举行。中国宋庆龄基金会党组书记、常务副主席常荣军，副秘书长李希奎，基金部部长唐九红，央视著名主持人赵普，著名歌唱家郑绪岚，以及社会各界人士前来参加了基金成立仪式。

王甲也来到了现场，坐在轮椅上的他激动得腿在发抖。"这个基金我等待5年了，用一句话说真是不易啊。我的想法是，对边远农村和山区的患者进行救助，然后呼吁政府关注，筹集更多善款。"王甲用眼神打出这么一句话，用了五分钟，他眼中含泪，这是他的心声，他希望能挽救更多同自己一样受疾病折磨的病友。设立仪式上，王甲将撰写的《人生没有假如》的所有稿费捐给"王甲渐冻人关爱基金"。

设立仪式在一部讲述"渐冻人"生活的短片中拉开帷幕。常荣军书记代表基金会为王甲及爱心单位颁发捐赠证书，为郑绪岚、赵普两位爱心大使颁发聘书，并将美国球星科比·布莱恩特为王甲亲笔签名的书赠送给王甲。

中国宋庆龄基金会基金部部长唐九红在致辞中说道："'帮助最需要帮助的人''哪里需要援助，哪里的人民在自力解决困难，我们的援助就到哪里'是宋庆龄主席最重要的社会福利思想。中国宋庆龄基金会是以宋庆龄名字命名的社会公益机构，在提供物质帮助和支援的同时，更注重受助者精神家园的建设，倡导受助者懂得爱，实践'爱的传递'，从'受助'到'自助'再到'助人'，最终实现公益文化的传承。"

武警总医院安沂华主任也在会上做了精彩而感人的发言："王甲这么一个微弱的生命，仍然不断地为社会奉献爱心。可以这么说，他活着的每一天都是生命的一个小奇迹。王甲给予我们的感动与震撼比我们为他做的要多得多，他让我们每一个人对生命、对梦想有了更新的、更深刻的认识。"安沂华主任的发言感动了在场所有的媒体与嘉宾，会场上响起了热烈的掌声。

王甲以自己名字命名的这个渐冻人基金，按照规定，冠名人是不允许动用一分爱心基金的，也不能用作自身的治疗，基金募捐所得，王甲是无权使用的。但王甲仍然坚持用自己的名字冠名，因为他成立这个关爱基金的目的就是为了呼吁更多的爱心人士关注、关爱、关心"渐冻人"这个弱势群体，而不是为自己谋利益。

专项基金成立后有三个方面的内容：第一个方面，要宣传"渐冻人"群体，让社会了解他们的生存状况，知道他们对生命的坚持。第二个方面，希望能够联合一些医疗机构和专家，专门研究"渐冻人症"，有效地提高患者的生存和生活质量。第三个方面，确实能够帮助到一些家庭比较困难的渐冻人症患者，给他们提供必要的帮助。如捐赠呼吸机、视控软件等设备，真正给予"渐冻人"这个群体以关爱，帮他们走出困境。

　　专项基金成立以后，王甲积极组织和参与相关公益活动，如与爱心人士共同看望"渐冻人"，为"渐冻人"患者赠送书籍，鼓励他们用乐观的心态战胜病魔，并给予饮食和日常护理的正确指导。2013年5月30日，虹爸、虹妈与基金会的工作人员亲自到西安看望了"渐冻人"张红，并给她带去了《宋庆龄光荣伟大的一生》一书，鼓励她用乐观的心态与超强的勇气战胜病魔。知道张红喜欢音乐，大家还特意为她带来了莫扎特和贝多芬的唱片，希望她能像音乐中的史诗英雄那般倔强刚强，不被岁月和困苦颠覆。张红用眼控仪写下了自己心底的谢意："感谢基金会的鼓励，感谢你们对'渐冻人'群体的关爱。"收到礼物的张红，露出了开心的笑容。

　　2013年6月21日，这一天是第13个世界渐冻人日。中国宋庆龄基金会在北京民族文化宫大剧院隆重举办了"中国有梦　青春无悔——6·21国际渐冻人日励志爱心活动"。

　　"这是爱的呼唤，这是爱的奉献，这是人间的春风，这是生命的源泉。在没有心的沙漠，在没有爱的荒原，死神也望而却步，幸福之花处处开遍，只要人人献出一点爱心……"中国武警男声合唱团以一曲《爱的奉献》深情合唱拉开了晚会序幕。

　　著名主持人朱军、朱迅、许戈辉走向舞台中央：

　　"'渐冻人症'在医学上的名称是肌萎缩侧索硬化症，它被世界卫生组织公认为当今世界三大绝症之一，与癌症、艾滋病齐名。但是由于长期以来宣传不够、了解不多，对于大多数人来说，'渐冻人症'知识目前还处于一个盲点状态。"

"就在我们身边，每10万人中，就有4~6人是'渐冻人症'患者。"

"为了坚定'渐冻人'生活的勇气，提高他们的生存水准，改善他们的医护条件，中国宋庆龄基金会特别倡议、发起并主办了今晚的公益活动。在今天的活动中，我们将启动一个特殊的基金，那就是以'渐冻人'群的杰出榜样代表王甲的名字命名的爱心公益基金。"

晚会上，老中青知名艺术家及演员张桐、温玉娟、崔永元、虹云、栗坤诵读王甲病后创作的文集《人生没有假如》一书中的节选，分别从健康王甲、病中王甲、自强王甲、感恩王甲、爱心王甲五个不同阶段展现他虽身患重病，却仍勇敢地坚守生命，并通过社会各界的关爱和帮助继续设计梦想，用自己的力量帮助更多需要帮助的人这一感人事迹。

直面死亡时，王甲积极、乐观、顽强、执着，对抗病魔时表现出超越常人的勇气和毅力，在死神迫近时表现出对美好生活的热爱和珍惜，这就是"王甲精神"。勇敢、坚强，坦然面对困难，热爱生活，永不放弃，用爱去创造生命的奇迹。他的事迹既催人奋进、令人深思，又感人泪下。晚会设计的这个环节，真挚的情感感染了整场晚会，老中青艺术家动情地讲述，在现场传递着生命的力量。

主持人说："在这里我们要感谢王甲，你让我们懂得了坚持的力量，让我们懂得了爱的包容。这个现在身上没有一点点力气的大男孩儿,却用他的努力、他的坚持,创造着无穷的能量。"

《中国梦》《相信爱》《手拉手》《感动》……著名歌唱家阎维文、陈思思、郭峰、杨光等众多明星都不计报酬地参与这场演出,用歌声表达着情感。《不要怕》《至尊的微笑》,残疾人歌手杨光、青年歌手李天行用自己创作的歌曲激励所有"渐冻人"勇敢前行。王甲自尊自强、感恩社会的动人故事,他所散发出的正能量,感染着现场每一个人。

虽然患了这样的疾病,全身只有眼睛可以转动,但王甲从未停止追逐生命价值的脚步。以前我们总认为是在帮助王甲,其实当你真正走进王甲的生活时,你就会发现是他一直在帮助、感染、影响着你,也让我们学会更加珍惜生命,珍惜现在拥有的一切。

中国宋庆龄基金会主席胡启立和王甲、韩红、虹妈一起按下按钮,启动了中国首个渐冻人基金——"王甲渐冻人关爱基金"。水晶球上印出了"中国有梦,青春无悔"八个大字。

胡启立主席在大会上鼓励王甲:"你是真正的钢铁战士!你鼓舞了我们所有的人,也振奋了所有的人。生命不息,战斗不止。"

韩红深情献唱一首《祖国不会忘记》,她说:"其实王甲是我们的偶像,因为他的心活着,他的眼活着,他依然在为这个社会创造奇迹。他的梦想永远都不止息,所以他的精神感动了许多人。"

按医生的话讲,"渐冻人症"这种病是求生不得,求死不能。在中国患"渐冻人症"的人仅注册的就有20万,王甲只是这庞大群体中的一员。有很多人对这个群体投以同情的目光,但是王甲需要的从来都不是同情。他用自己的坚韧和执着,成为这个群体最杰出的代表。

这场以励志、爱心、自强为主题,弘扬健康向上、积极努力精神的公益晚会,在百余名艺术家和演艺界爱心人士的共同见证下,正式启动了"王甲渐冻人关爱基金"。

王甲在他的微博里这样写道:

我觉得突然萌生了一点诗意,即使上帝把我的天空拉黑,还有一群可爱的天使为我点亮闪闪发光的星星,让我的天空不再孤独,充满了爱的色彩和斑斓,有了梦想和希冀!你们的付出让大家知道这世界因为有爱才永恒!感谢有你,感动中国!

草根榜样的力量

他被百姓评为"2012年度北京榜样""2012年平凡的良心""身边的雷锋·最美北京人"标兵,他成了百姓眼里的草根"英雄"。他用实际行动,让人们触摸到了他那冰冻身体里蕴藏的炽热的心。

凭着不屈的斗志和对设计的热爱,这些年我一共创作了百余幅平面设计和 LOGO 设计，所得稿费全部捐献给慈善公益事业，因为我想把别人给我的爱传递下去，让别人也体会到我的幸福，分享所有的感动。假如生命里没有了苦痛，那我们怎么能感觉到幸福呢？当你和苦难相遇的那一刻，幸福就在不远的地方等着你。幸与不幸有时候是可以相互转化的，人生有时就像一场斯诺克的比赛，命运和别人始终会给你的人生设置形形色色的障碍，你需要用积极的思考和饱满的人生态度，去解决一切困难和障碍，最终获得胜利。

我为有一双无比伟大的父母而感到骄傲。感谢所有帮助过我的朋友们，没有他们的爱和帮助，我的生命和梦想都是空谈，最让我感动的是，在以虹妈虹爸为代表的好心人的帮助下，实现了我一直以来的梦想，在中国宋庆龄基金会成立了大陆第一个"渐冻人"基金——"王甲渐冻人关爱基金"，这个基金让更多人参与进来，帮助远在偏远农村的病友。

我希望，让我创造的幸福可以一直幸福下去，用我的才华装点我的美丽人生，用我的勤奋实现心中的梦想，用艺术凝结人生价值，用意志书写光辉人生。我是一个幸福的人，一面在生命中战斗，一面在苦难中做梦。我坚韧而浪漫，在别样的人生里描绘我的彩虹。

这是王甲在 MED[1] 演讲时的片断，他借助电脑语音做了一场主题为《不幸之中的幸福》的演讲。疾病让他体会母爱的伟大，疾病让他重新思考和书写人生，他的乐观和执着打动了听众，他成了网友心目

1　MED（medicine 的缩写），是中国网财经中心医药频道打造的健康传播公共平台。——编者注

中的榜样。

王甲在北京新闻广播举办的大型人物评选活动中，被评为"2012年度北京榜样"。

这次评选活动面向社会广泛征集榜样的候选人物，是百姓身边乐于奉献、古道热肠、追逐梦想、乐观向上的草根榜样，候选人物都来自北京新闻广播《资讯早八点》节目的《百姓生活故事》栏目，涵盖社会、经济、文化等不同领域，处在不同年龄和不同境遇中。他们不是明星，不是大人物，他们以平凡的举动展现了不平凡的精神力量，王甲有幸成为他们其中的一员。

同时，王甲的事迹也在《京华时报》与搜狐网联合推出的第二届"坚守底线——平凡的良心"大型专题报道中，再次成为焦点。"平凡良心"的评选也是将目光对准老百姓、小人物。评选活动掀起了人们对身边平凡人物的关注，让人们被世间真情大爱的动人故事感动着，85天全国30个省市自治区平面媒体联合报道了151位"良心人物"。电视台、报纸、网络全媒体立体化报道，4亿点击量最终评选出2012年度感动中国的"平凡的良心"人物。

2013年1月24日，王甲再次走上领奖台，他当选为"2012年度平凡的良心"人物，与他一起获奖的10位人物都是普通百姓身边的道德榜样代表，有推着妈妈去旅游的樊蒙、免费教英语的加拿大友人克里斯蒂娜、重庆救助老人的小学生、自费办起公益剧场的王翔、"最美学警"

李博亚、自费在大山深处办学的著名足球运动员高雷雷、见证爱情奇迹故事的苏丹和田新丙、乡村电影放映师马恭志、北京"7·21"暴雨中涌现的英雄人物群体。

在长安大戏院隆重举行的颁奖典礼上,主持人这样介绍王甲:"肌肉渐渐萎缩,以至于瘫痪,就好像是整个人被冻住了一样,这种病我们叫它'渐冻人症'。有一位27岁,原本阳光健康的年轻小伙子,就被这种病症夺去了行走的能力、说话的能力还有站立的力量,留给他的仅是一根还能够稍稍使得上劲儿的手指,就是凭着这样的一根手指,他希望能够为社会做点什么。"

当王甲被父母推上台时,他眼含微笑,内心激动。

主持人说:"我记得在6月份,夏天的时候,一个好朋友送给我王甲的一本书,我记得那本书叫《人生没有假如》,晚上回到家我看那本书时眼泪不停地流,内心涌动出一种力量,我就想王甲都能够这样,那我们有什么理由不好好地活着?

"我记得书中有一段文字,是这样写的:'身体有恙并不可怕,可怕的是我们放弃生活,放弃再一次站起来的力量。要做一个勇敢的人,我们要用生命的力量去弥补命运带来的遗憾。'

"这段文字一直以来在鼓舞着我。我们觉得王甲是一个需要帮助的人,很多人希望能够来帮助王甲,让人出乎意料的是,王甲将自己设计的海报拍卖所得的30万元,捐给了脑瘫患儿基金会。我想对一个并不富裕的家庭来说，30万元是一笔不小的收入，为什么没有留下来呢？"

王爸说："我们来到北京得到了好多人的爱，我们要把爱传递下去。当时我们几乎坚持不下来了，碰到虹爸爸虹妈妈一家人，他们发动身边的朋友，再加上北京有很多关爱我们的朋友，一路坚持下来。我跟他妈和孩子想把这个爱继续，把正能量传递下去，回报社会。"

颁奖晚会上，王甲的故事让奥运会冠军刘璇特别有触动。她说："曾经我有些朋友要帮助别人时，别人说你自己都过得不是很富裕，可能还需要被帮助，为什么还要去帮助别人？可是看到王甲的事迹之后，我觉得只要我们心在跳动，只要我们活着，我们就可以去温暖他人，将爱送给大家，所以他是我们的榜样。从王甲的身上，我们也看到在这个世界上没有绝望的处境，只有对处境充满绝望的人，我们应该好好地生活，人生每一站的风景都不同，只要不绝望，用心体会，一定会有丰富的收获。"

第二天就是王甲的生日，刘璇为王甲唱起生日歌，全场观众一起唱起来。歌声在回荡，在传递大爱，传递人性的温暖。

我也要来一次"冰桶挑战"

北京蓝靛厂附近的公寓里，王甲坐在轮椅里，戴着氧气罩。此时，窗外艳阳高照，而室内窗帘紧闭，整个房间光线昏暗。因为王甲使用的眼控仪，强光下机器无法捕捉他眼球的活动，所以需要在暗光下运作。

呼吸机的马达在工作着，王甲戴着氧气面罩，他习惯在这种状态下生活已有一年多时间了。患病7年，王甲比此病的平均存活年限延长了一倍多，除了父母无微不至的护理，王甲积极的心态、内心强大力量的支撑创造了奇迹。他说，自己的生命肯定不长了，他要用余下的生命，为这个群体争取更多的关注和利益。

最近3个月，王甲4次在屏幕上打出"爸，做好心理准备，我今晚可能过不去了"。每次都是晚上10点半左右。他已经是晚期病人，24小时不离呼吸机，饮食靠一根胃造瘘管注入体内。他每日坚持坐在电脑旁，靠电脑了解外界，与外界沟通。坐在轮椅上的他，需要用根绳子固定住脑袋。

2014年7月，一个名为"ALS冰桶挑战"的游戏在美国科技界和职业运动员中风靡。美国前总统小布什、苹果公司CEO库克、比尔·盖茨、科比、C罗以及霍金的三位子女代表父亲都接受了冰桶挑战。这个活动流传至包括英国、德国在内的多个国家，各界人士纷纷参与。活动要求参与者在网络上发布被冰水浇遍全身的视频，然后该参与者便可以点名要求其他人来参加这一活动。活动规定，被邀请者要么在24小时之内接受挑战，要么就选择为"肌萎缩侧索硬化症"患者捐出100美元。

该活动旨在让更多的人知道被称为"渐冻人症"的罕见疾病，同时也达到募款帮助治疗的目的。

8月，这一活动扩散到中国，科技界、体育界、娱乐界名人纷纷响应。从明星到普通百姓，参与者众多。

"很刺激，特别爽！"很多参与挑战的人说他们在网上看到这个活动，觉得很有意义，所以才来体验这项挑战。

"从来没有参加过这种形式的公益活动，觉得很好。"有位参与者觉得这次活动能为身边的"渐冻人"贡献力量，感觉十分有价值。

王甲在微博中这样写道："看到冰桶挑战的活动能够在全球范围内火起来，真的很欣慰，不管是娱乐还是慈善，都超过了最初的期望，越来越多的人开始了解和关注'渐冻人'，让我们不再孤单。"他希望"王甲渐冻人关爱基金"能受到关注。

"给我来桶冰水，我要参加挑战。"王甲意识到应该为"渐冻人"群体发声，他用眼睛在电脑上打出这样一句话。

"不行，万一感冒就麻烦了，你不要命了？"王爸听后大吃一惊，一口回绝了。

"即使感冒，我也要做。"王甲态度很坚决。

王甲在微博上说，"用我剩余的生命为所有病友带来希望和资金，帮助你们解冻。"

王妈知道儿子决定了的事，谁也拦不住。经过一番"讨价还价"，他们决定给王甲戴上棒球帽,防止冰水刺激到头部而感冒。王妈将王甲推到洗手间,王爸将一桶冰水分三次小心地浇到王甲头上,并拍下视频。王妈已在卧室等候,王甲一进来,她就赶紧给他脱下湿淋淋的衣服,擦干身体,更换衣服。王甲上传了这个4分16秒冰桶浇身的视频,他再一次勇敢地挑战了自己。

王甲在电脑上写道:"现在风靡全球的冰桶挑战已经传到中国,作为中国'渐冻人'的代表,我非常高兴,因为从无人知晓到风靡世界,越来越多的人走近'渐冻人'这个群体。希望爱心人士把善款捐到中国宋庆龄基金会'王甲渐冻人关爱基金'。"

针对王甲为让公众真正关注到"渐冻人",冒险以身浇冰水的做法,《解放日报》的记者李晔撰文说,社会对"渐冻人"的关爱,绝不能是昙花一现的一场秀。健康人冷一瞬,"渐冻人"冻一生。"解冻"需要从正道开始,从点滴开始。我们并不主张王甲如此冒险,但时至今日,沸沸扬扬的一场热闹过后,是否也该有所反思、有所总结,或至少有所期许,如何让下一场什么秀,不再催生如此冒险。

王甲说,无论是"渐冻人"还是其他病,都不容易。他相信,随着大家对"渐冻人"的了解,知道世上还有这么一群和他一样的"渐冻人症"患者,吃饭要靠父母一口一口喂,他们有口难开,不能挠痒翻身,不能表达苦楚,不能去爱,甚至不能呼吸,大家会伸出援助之手的,他相信这天一定会到来。令他感到欣慰的是,江西116名民众自带水桶、冰块在赣江边接受"冰桶挑战",为南昌一户"渐冻人"家庭募捐。有针对性地捐助,真正起到了帮助"渐冻人"的目的。

王甲自生病以来,开微博,写书,拖着病躯多次上电视,发起设立基金,他所做的一切,就是想引起大众对这个群体的关注,他希望社会的关爱与给力的政策,能让这群被冰冻住的人,心得以融化,他在期待着。

首都精神文明建设委员会主办的《永远的雷锋》大型主题纪念展,吸引了全国各地市民的参观。展览分为"光辉榜样,时代楷模"和"身边雷锋,最美北京人"两大部分。"光辉榜样,时代楷模"主要展出雷锋的生平事迹和典藏实物,包括灿烂人生、精神永恒、世代传承、典藏雷锋四个单元。雷锋的文化藏品分为党和国家领导人为雷锋的题词、有关文件和讲话等八个类别,全面展现了雷锋精神的内涵。"身边雷锋,最美北京人"则展出了2013年初北京范围内评选出的"身边雷锋·最美北京人"。王甲在这次评选活动中,被评为"身边雷锋·最美北京人"标兵,他的事迹也在这次纪念展中展出。

王甲在参观展览时,被许多人认了出来。"这就是用眼睛写书的王甲,可以和你合个影吗?"一个安徽来的市民和他打招呼。

"你的精神感染了我,我们单位购买了你的书,还进行了讨论学习呢。"一个女孩对王甲说。

王甲认真地看着展览,他把百姓给予他的称号,对他的赞美,当作一种鼓励,他只想做好自己,好好活下去,尽最大努力成为对社会有用的人。

　　永远的雷锋,今天家人陪我到中华世纪坛参观学习,居然看到了自己的照片,并被一些人认出,在听着雷锋事迹的时候我几度哽咽,不知道是为什么,也许是找到了一种共鸣,因为奉献的精神和发自内心的爱。回来时发现千树万树吐新芽,春风和煦笑颜开,让爱在春意里蓬勃吧!

我的精神世界始终在不断挑战
人生极限；
把每天的无尽痛苦无限缩小，

把每天的点滴幸福无
限放大；
我是个普通的与疾病
斗争的病人，

是个与命运抗争的苦命男子；
不是王子和男神，
更不是战神。

第七章
生命不息,梦想不止

人无论何种情况下,
都要会做梦,敢做梦;

我下一个梦想是实现自己的飞天航海梦,
创造属于我的传奇。

虹妈是最能理解王甲的心思、读懂他的眼神的人，他们之间的默契无人能比。而且虹妈知道他的喜好，王甲所有喜欢的衣服和运动鞋都是虹妈给买的。虹妈尽自己的最大努力帮助他实现所有的梦想，给他自信，给他力量来帮助父母解决家里的所有难题，是他生活中不可或缺的精神力量。虹爸也时时刻刻把王甲放在心上，每逢朋友聚会，都会说起他的故事。北京电视台美女主持陈晨，就是在一次朋友聚会上从虹爸那里知道了王甲的事情，之后每个新年的第一天都会来看望王甲，还带来礼物，包括漂亮的衣服，年年让他有惊喜。今年已经是第五年了。陈晨持久的付出和关爱，让人感动！

　　2014年11月，此时的北京，银杏树叶黄了，枫叶红遍香山，白桦树的叶子落满大街小巷，这是个五彩斑斓的时节，迎面吹来的风，夹杂着暖暖的色彩。

第七章 生命不息，梦想不止

一处休闲度假村，虹爸和虹妈正在参加朋友的生日聚会。随意聊天中，大家又谈论起王甲。

"6·21世界渐冻人日那场晚会，做得真好。用王甲书中的段落讲他的故事，这种形式特别能把人的情绪带进去，很感人。"李瑞琴说。

"当时主持人说得对，他身上已没有一点点力气了，却能创造出这么大的能量，真了不起。"晓丽说。

"晚会前一天晚上，我问他，明天是咱最高兴的时候，那么多艺术家和观众参加这次爱的盛会，你最想做的事情是什么？他说：'节目单设计好了，海报也设计好了，在舞台上我最想做的是自己站起来，向所有关爱'渐冻人'群体的人鞠上一躬。'我当时听了特感动，这孩子让我感动的事太多了。"虹爸跟朋友说起王甲，总要忍不住感叹几句。

"他一直有个心愿，想有一天坐飞机去旅游，去海上航行。虽然他现在都这个样子了，但特别敢想。"虹妈说起王甲来一脸兴奋。

旅行家梁子、女飞行家马晓明、航海家翟墨纷纷被王甲的故事感动了，都表示愿意尽自己的力量去帮助王甲实现梦想。虹爸打开笔记本电脑，虹妈给王爸打去电话，希望王甲能与朋友们在视频上聊一聊。

一会儿，王甲出现在 QQ 视频里。

"你好！"王甲用眼控仪跟大家打招呼。

"王甲，你是好样的，我们都支持你！"

"继续努力，你很棒！"

"加油,王甲!你的梦想一定会实现的!"

朋友们鼓励王甲大胆地去追梦,他的飞天航海梦,他们会帮助他实现的。

王甲在视频那端,高兴地眉毛上扬,嘴角挤出笑容。

传递爱,传递生命的感动

他带病参与"王甲渐冻人关爱基金"的救助活动,将首批呼吸机送到最需要的病友手中。

这是雪中送炭,这是实实在在的帮扶。他初尝面对面救助病友带来的幸福感,他要把这种幸福持续下去。

植物园,满眼苍翠,北京电网党员服务队的义工正推着王甲散步。游人从身旁走过,一阵秋风吹落几片树叶,落在王甲身上。王甲突然想起两年前虹妈带他来这里的情景,《人生没有假如》的封面就是那时拍的。那是2012年春天,他还能自主呼吸,还没有做胃造瘘手术。而现在他又挺过了艰难的两年,他梳理着过往的人和事,嘴角浮现着笑意。

"大甲,你看。"关姐指了指远处的香山。枫叶红了,漫山遍野一片暖色,游客举着相机在拍照。

第七章 生命不息，梦想不止

"活着真好。"置身在美景里，王甲心情特别愉快。他似乎忘了昨晚刚刚经历的火热一夜，整个身体烫得如在火炉里烤一般。每次这样在病榻上受病痛折磨时，他都渴望看见第二天的太阳，在第二天可以呼吸着大自然的空气，可以继续做梦。就像今天，这样慢慢走，慢慢看，不慌不忙，他还记得那天自己被推出医院大门时，看见满眼的阳光照在花丛中，生机盎然的情景。

日子在痛并充实中流走，转眼间到了2014年7月。

早晨起来，洗漱、穿衣、吸痰……王妈和王爸两人忙活了半个多小时，终于把王甲从床上"安顿"到轮椅上。他的两只大眼睛直直地望向妈妈，示意要调整面罩。这是他全身上下唯一没有被"冰冻"的部位，王妈领会到他眼神的意思，很快帮他调整好。

坐在电脑旁，他用眼睛开始写征集贫困病友资料的启事。自7月开始，中国宋庆龄基金会党组书记、常务副主席齐鸣秋，党组成员、副主席井顿泉，基金部部长唐九红，干事王冬云，来到了王甲的家里开会，一起商讨捐赠方案。方案终于确定下来了，下一步要广泛征集信息，做到将呼吸机真正送到符合救助条件的渐冻人手里。

亲爱的广大ALS病友：

　　大家好！

　　我是王甲，于2012年11月4日在中国宋庆龄基金会成立了大陆第一个"渐冻人"关爱基金，在2013年6月21日"中国有梦 青春无悔"大型励志活动中正式开始启动。经过一年的大力宣传，积累部分资金，现在要向贫困的ALS病友捐赠10台飞利浦呼吸机。

现在征集贫困病友的资料，希望广大病友帮忙寻找和提供，附上我设计的这次活动的主题海报。虽然现在社会对"渐冻人"的了解和关注太少，但是我一直在努力，一刻不曾停歇。现在的捐款太有限，我们只能从点滴做起，"不积跬步无以至千里，不积小流无以成江海"。今天的一小步就是明日一大步的积淀。我相信星星之火可以燎原，融化从点滴开始，爱从点滴做起！

救助流程或许需要一些时间，请大家耐心等待。病友目前需要做的就是提供相关资料给我们。特别委托严军代为收集大家的讯息，然后一并汇总转发给我。在此，谢谢严军！谢谢雨珠和365康尔平台的支持和帮助！辛苦你们了！

（ALS病友需要提供三甲医院的ALS诊断书及家庭收入情况、低保证明、身份证、户口本、肺功能检测报告等。）

王甲
2014年7月

"东方丝雨的雨珠"和严军帮助联系贫困病友并收集大量的病人资料，在基金部唐九红部长、史金龙处长和王冬云干事几百次的电话沟通后，经医学专家和管委会评估和选择，历经3个多月的运作，筛选、核实，最终选定了10位救助对象。10月底呼吸机陆续发放到他们手中。受捐者的家属给基金会打来电话，有的还写来感谢信，这个冬天他们将在温暖中度过。

一位来自新疆的病友，收到呼吸机后写来一封信感谢信：

尊敬的"王甲渐冻人关爱基金"：

我是一名肌萎缩侧索硬化症患者，名叫吕兰江，网名霏尔。我在2005年发病，2006年确诊，从发现到坐上轮椅也就半年，根本没给我接受的时间。那年我34岁，家庭刚刚起步，孩子也才7岁，还需要照顾，就这样，我就毫无预见地倒下了。从发病到完全接受是一个艰难的过程。现在患病已有9年多，目前已经完全丧失活动能力，仅仅一根手指能动，吃饭咀嚼吞咽已经很困难，只能吃糊状食物。由于呼吸不顺畅，几乎夜不能寐。由于我多年病症的拖累，造成家庭生活每况愈下，成了名副其实的低保户。而呼吸机等辅具高额的费用一直是我心口的一堵高墙。

我是康尔论坛的管理员，今年9月看到了"王甲渐冻人关爱基金"发起的"融化从点滴开始，爱从点滴做起"的公益活动，虹妈妈发布的捐助爱心呼吸机的消息令我兴奋不已。后来我又冷静下来，心想我是管理员自己申请大家会不会有意见，会不会有更困难的病友比我更需要，经过大家的劝解，我慢慢打开了心结，填了表格，递交了资料，然后怀着矛盾而又平和的心情等待结果。

11月14日，是喜出望外的一天，呼吸机送来了！佳永的黄旺祥工程师，千里迢迢从北京把飞利浦伟康呼吸机送到我的手上！我心中的感激之情无以言表。他给我和家人耐心地讲解操作方法，认真反复为我调整压力大小，我的心里暖暖的。通过学习了解了使用呼吸机的方法和步骤，调整好参数，晚上我就迫不及待地戴上了。开始还是有些恐惧和不适应，今天戴着就感觉舒服多了，呼吸也不那么费力了。

我一边戴着一边想，这台呼吸机对于我真的是雪中送炭。无人能真正理解"渐冻人"的痛苦，只有我们"渐冻人"自己了解。王甲本是一个才华横溢的平面设计师，可疾病就不长眼，同样落在他的身上，比我发病年龄还小。他是一个非常坚强的小伙子，身虽渐冻，心却火热。他一直都在做公益，汶川大地震那年义卖自己设计的海报捐给灾区；亲力亲为成立中国第一个渐冻人基金。他的故事让人感动，他的事迹会永载史册。

现在我就是"王甲渐冻人关爱基金"实实在在的受益者，这个基金在切实地为"渐冻人"做事情，呼吸机里面包含着社会的爱，病友的爱，我没有理由不好好用它，我保证也要尽我所能，努力回报社会对我的关爱。我以我最真挚的诚意，感谢"王甲渐冻人关爱基金"，感谢为"渐冻人"事业呕心沥血的王甲和虹妈妈以及其他工作人员，感谢所有为"渐冻人"事业默默付出的个人、团体及社会爱心人士。

此刻，我有太多的感动，有太多的感激。一句简单的"谢谢"已不足以表达我的感激之情，然而，拙于言辞的我，却说不出太多华丽的词语。

千言万语汇成一句话，感谢！感谢一切关爱"渐冻人"的好心人,感谢你们为"渐冻人"做的一切!上善若水,同舟共济!

  此致

敬礼!

新疆 霏尔
2014年11月15日

  看到这封信,王甲心里有说不出的欣慰。作为"渐冻人",他最了解病友的痛苦和需求。他记得自己生病后,呼吸越来越困难,因苦于没钱买呼吸机,只能在死亡边缘上挣扎。直到后来,与单位解除合同后,得到了3万元补偿金,才购买了一台呼吸机。所以这次"渐冻人"首捐活动,他们选择了呼吸机,这是他们最需要的,也是很昂贵的,大多数病友买不起。

  捐送活动在透明、公开、公平的情况下,选定了10位生活贫困、对社会有贡献的"渐冻人症"患者。他们在收到呼吸机时,都激动得泪流满面。这些无法行动、无法说话的人,生病后一直消失在公众的视野里,这次他们有幸得到来自"王甲渐冻人关爱基金"的关爱,他们非常感动,都表示也要用自己的力量,传递爱心。

  王甲的微博收到众多粉丝点赞。有个粉丝说:"你看,又一个人受到了基金的帮助,这都是你努力的结果啊,你不仅是病友们的天使,也是我们的救赎,我们每天都来你这里汲取活着的勇气和力量,谢谢你,真心谢谢你。"

王甲在从事基金公益事业中体会到了自己的价值,他用一首诗《燃冰》来表达他的情怀:

燃冰

我本是天空之水

落入凡尘

年华的流水跳跃奔腾

把我卷入闹世的洪流

无情的魔语把天地带到冰河

我的命运也像潘多拉的魔盒开始倒转

我从自由的水变成了冷酷的冰

从此安静地张望这个世界

这是一个荒芜冰冷的世界

我被一点点地冻结

寒气使我不能奔流

最后把我冰封成一个在阳光里的冰雕

在梦境中天神给了我三种考验

黑暗、孤独、死亡

在这三种力量的驱使下我越来越坚硬

第七章 生命不息,梦想不止

从此相望于江湖

在暗无天日的岁月中我学会了坚强
在孑然一身的孤苦中我明白了奉献
在生生死死的轮回里我懂得了爱
我顽强得没有让我的心凝结冷漠

就是这颗炽热的心——人类把它叫作灵魂
从这小小的水滴中间穿过温暖的阳光
折射出一道美丽的彩虹
陪我度过这艰难的时光

只不过我在里头她在外头
我在这头她在那头
我在冬天她在春天
我用眼神告诉她我愿意为你融化

为了爱我不怕这死亡的召唤
我说过我早已见过喜马拉雅的雪
我甘愿忍受这焚心蚀骨的痛
就算我被炙烤干涸也会变成甘露和你在一起

王爸王妈说,很多"渐冻人"的生存期比较短,其中一个重要的缘故是家庭护理经验严重不足,而他们护理王甲这些年,积累了很多护理"渐冻人"的宝贵知识和经验,将来有机会也会去帮助更多的"渐冻人"家庭如何护理"渐冻人"。

我的飞天航海梦

他被《人物》杂志评为2014年地球30人,他无力的身躯蕴藏着无限的正能量,他以行动影响公益事业,他为"渐冻人症"患者代言,用他的努力给"失语"的群体创造福利。他的精神世界,正面朝大海,春暖花开。

或许是受到很多人关注冰桶挑战的鼓舞,王甲这段时间状态还不错。他想起今年春节在医院经历过32个小时的抢救,从死亡线上被拉回来的那一刻自己说的话:"看来是天堂不收我啊,在人间的罪还没有遭完,还有爱没有履行完。"

2014年11月,王甲收到了《人物》杂志发来的一封邮件。

尊敬的王甲先生:

您好!

当您阅读这封邮件时,时间的刻度即将从2014年转向2015

第七章　生命不息，梦想不止

年，这一转身，足够地球公转一周。

正是自然的神奇造化，在地球的自转与公转的周而复始中，我所站立的地方也曾是你所经过的。尽管我们可能肤色、国别、种族不同，但在时代的风云聚会中总会相遇。因此，我们评选地球30人的唯一标准就是：在2014年某专业领域有卓越表现，享誉世界。

《人物》感谢您在过去岁月里的陪伴，自1980年创刊诞生起，我们已走过了34个年头。34年来，《人物》以"报道重要人物，细微到每个表情"为内容定位，不停甄别、描摹这个时代最具进步价值的、最值得尊敬的人士，追寻"人之为人"的意义。

时代变化，如今《人物》不仅作为现代国家公共生活的厚重一页，也在全球化的浪潮中寻找"美美与共"的世界价值。2014年岁末，《人物》杂志编辑部将策划推出"地球30人"特刊，以此来梳理回顾2014年。

我们为您设计了几个问题，这些问题是我们专为地球30人量身打造的，幽默风趣。

王甲先生：2014年风靡的"冰桶挑战赛"让ALS（俗称"渐冻人症"）再一次走入公众视野。这是您与病魔对抗的第7年，也是您设立"王甲渐冻人关爱基金"的第3年。您坚持用眼球打字写书，亲身尝试冰桶挑战为"渐冻人"病友募捐……您的乐观坚韧，让我们尊敬和感动。

我们诚挚邀请您接受《人物》杂志"地球30人"特刊的采访

邀约,这不仅是一次采访,一次评选,也是对您在2014年行动与言论的致敬。

看完这封邀约信,王甲欣然接受了《人物》杂志的采访:

问题1:请说一个2014年最让你欢喜的场景?

王甲:能说两个吗?一个因为公益,一个因为梦想。在今年7月也就是冰桶挑战之前的半个月,中国宋庆龄基金会的几位领导到家中来看望我,商量"王甲渐冻人关爱基金"的下一步计划。2012年末在宋庆龄故居成立了中国大陆第一个专项的渐冻人关爱基金,因为关注的人比较稀少,成立至今所得捐款都少得可怜,但是通过我们的努力宣传,这两年在爱心企业的帮助下积累了部分基金。中国宋庆龄基金会真的是天下为公,心怀天下,为所有苦难的人带来生的希望,"渐冻人"罹患此病后不仅丧失运动能力,呼吸功能也逐渐消失,一台能用得住的呼吸机要3万多元,对于入不敷出的家庭是个沉重的负担,于是我们决定拿出仅有的几十元万购买10台进口的呼吸机捐赠给急需的病友,当时我发自肺腑地高兴,并于11月17日在父母与虹妈妈的陪伴下亲自为北京的病友送去一台呼吸机,她流下了激动的泪水。这一切都是因为我的存在,如果当初我自暴自弃放弃了宝贵的生命,不坚持成立渐冻人基金的梦想,就不会有10个生命得以帮助,我为我的坚持而感到骄傲,当然还要感谢帮助我实现梦想的人们,虹爸虹妈及中国宋庆龄基金会,没有他们给予我这对梦想的翅膀,这次活动就是个白日梦。

说到梦想,就在前几天,我的另一个梦就要实现了,是我的飞天梦。一直在遗憾没机会坐飞机和旅行,这几乎成为我不可能实现的一个梦，但是虹爸虹妈心里一直想着我的这个梦，前几天参加朋友的生日聚会，聊到我的梦想，他们说一定要帮我实现梦想，我太开心了。我的飞天航海梦就要实现了，感谢所有帮我筑梦的人：乡都酒业董事长李瑞琴阿姨及其女儿晓丽姐姐、旅行家梁子、航海家翟墨、女飞行家马晓明、虹爸虹妈和南航，我们即将创造人类历史上的一个奇迹。无论在什么条件下，人得敢做梦，会做梦，当然还要感谢帮助我实现梦想背后默默付出的人。

问题2：2014年，你做过哪些原本认为"我绝对不会这么干"的事情？

王甲：要是正常人参加冰桶挑战其实没什么，以前在大学的时候，夏天几个男生在洗漱间互相用冰凉的水泼对方，不但解暑还可以增强体质，原来壮如牛的我是那里的常客，现在的我不仅泼冰水不行，连洗澡都得慎重再慎重，因为一旦感冒了可能会要了我的性命。但是"冰桶"来了之后，我决定挑战冰桶，把视频发到网上，父母是极力反对的，爸爸说你要做公益也不能用生命做啊。后来在我执意的坚持下，父母答应了我的要求，但是他们对我进行了特殊的保护，在我头上戴了棒球帽以防止冰水刺激到头部感冒，于是我用我的生命进行了冰桶挑战！

问题3："ALS冰桶挑战"一度风靡中国，为"渐冻人"群体募集了大量善款，但也有人认为这个活动流于娱乐化，与初衷相距甚远。你如何看待"ALS冰桶挑战"？

王甲：我觉得这是全民参与的体验式的公益活动，真正体现"我参与我公益"的内涵。虽然各种评价不一样，有说浪费水，不环保，但是我非常支持这个活动，因为它让大家知道了"渐冻人"是什么疾病。

问题4：你正在写第二本书，每天的写作进度如何？

王甲：渐冻人就是我的事业，现在都在说职业精神，我的职业精神就是吃苦，用我的坚持为别人带来幸福与感动，争取在2015年1月末，我32岁生日时出版。

问题5：如果在2014年末，你有机会在全国人民面前做一次演讲，你会讲什么主题？

王甲：我曾经演讲过关于幸福的主题，题目为《不幸之中的幸福》，如果还有机会给大家演讲的话，我想告诉大家苦难的意义，有的人逃避痛苦，不能承受痛苦，遇见挫折就自怨自艾，一蹶不振，其实苦难是我们生活的一部分，是我们成长的动力和养料，我们都应该感谢苦难，不要排斥它，试着和它做朋友！

问题6：如果你有一个机会，可以在2015年的第一天跟世界上任何一个人在任何一个地方共进晚餐，你会选谁？选择哪里？

王甲：那要实现我的飞天梦啊，飞到天涯海角，面朝大海、春暖花开之时和我的两对父母在海边烛光晚餐，我们被海风吹拂，看着洁白的月光洒在碧蓝的海面，虽然我不能品尝到食物的美味，无法行动，无法体会人生的快乐，但是能和自己最亲的人在一起就是最幸福的。幸福不在于吃什么山珍海味，也不在于在多么浪漫的地方，而在于和谁在一起。父母们也会因为我的存在而感到无比的幸福，因为陪伴是最真情的告白！

问题7：2015年你希望未来身处一个怎样的世界？

王甲：那就用我的一首诗歌来表达下一个黎明：

1

我渴望晨曦的光

就像渴望你的吻

在漫长的夜

第七章 生命不息,梦想不止

欢喜和哀愁是对孪生兄弟

成为我梦的雨天晴天

如果我的思念可以织成一张情网

我愿意捕走月亮送给你

这样我的情爱无论什么时间都是清晰明亮的

而你也不会在下一个黎明把我遗忘

2

下一个黎明

天空的云朵被晨光揉碎裙角,破碎绽开

水蓝色的湖水羞赧地睁开了眸子

我呼吸着甜美的空气,感受太阳的爱抚

我祈求上帝也睁开眼睛

看一看我的心

因为在这个世界很少有人看懂它

明白生存的真谛

3

下一个黎明

我张开双臂,拥抱朝阳

看见清苦之人衣食无忧的笑脸

> 看见病赘之人身轻如燕的快乐
> 听到世间飘扬着天籁的鸣响
> 我重新获得了自由之身
> 走进她的绣床闻一闻她的发香
> 用我的吻把她唤醒

患病之后，王甲的生命之舟又艰难地航行到了第七年。他曾笑称自己是一条"腐朽的糟糠之船"，也就是这条带着伤痕的船，在触礁之后，曾试图修补，复原，当所有的尝试都失败之后，他接受并悦纳了自己，坦然对待命运的选择。身体倒下了，灵魂却一直站立着。他在一次次挑战中，测量着生命的厚度。

风浪仍在击打着，这条从未搁浅的船正在继续远航。父母依然在守护着它，不断注入爱的血液。虹妈虹爸依然在关爱着，维护着，帮它扬起风帆。社会各界人士都在关注着它的航向，源源不断的爱的力量从四面八方传递过来。

"活着，就有希望"，活下去，还有许多奇迹会发生。辽阔的海平面上，王甲驾驶着这条承载着希望和光明的生命之船，正在继续探险，开辟一条条新的航道，到达可能到达的一切地方。

心中有梦，永不放弃！

附录

北京梦

王甲，2015年1月

不知何时　　　　　　　　　开天辟地
这个梦落在
心灵的土壤　　　　　　　　收翅落地
悄悄地生根发芽　　　　　　脚踏皇城
慢慢地长大　　　　　　　　骤踌躇满怀
渐渐膨胀　　　　　　　　　欲成大器
冲破所有欲墙　　　　　　　吃狼烟趴黑窝
欲罢而不能　　　　　　　　飞驰长安一路
展开梦的翅膀　　　　　　　编织花的年华
飞越寒流　　　　　　　　　看人心听喧嚣
一路向北　　　　　　　　　感叹生不逢时
　　　　　　　　　　　　　蹉跎之余生徘徊

越过燕山　　　　　　　　　走荆棘跨鸿沟
想起燕王　　　　　　　　　品尝人生百态
成祖操戈　　　　　　　　　异客漂泊经坎坷
梦圆北京　　　　　　　　　成功并非一蹴而就
永乐盛世　　　　　　　　　需受万千磨砺
铸成紫金
气势磅礴　　　　　　　　　零柒深冬

暮叶飘零
龙卷风袭来
将一切夷为平地
仿佛白蚁安家筑巢
缓缓缓缓地
吞噬健美的肉体
羽翼断殒
梦碎京都
徒留一枚勇敢之心
经上帝锻造
炼成金子般的心
坚硬而不失韧性

风暴过境
静雨思虹
她是上帝的恩赐
也许前尘缘灭
也或今生有缘
也要来世再续
母子的三世缘定
心灵相惜
共绘彩虹
点燃梦想
照亮阴霾的天空
以名为善

上善若水之情怀
点亮生命
捂热苍凉的人心
修补断翅
如鹰展翅上腾
直冲九霄云外

逆风而行
逆天而活
带着镣铐跳舞
沉痛又铿锵
在绝境中新生
在苦厄里做梦
深谙青春不死
只要心生
目光如炬
亮了远行的路
伴我飞越高山大海
沿途播撒爱
直达梦的尽头